講談社 編

26

AOSAKI YUGO
AKITAKE SARADA
AKENO KAERUKO
ICHIHO MICHI
INUKAI NEKOSOGI
ONODERA FUMINORI
KAMISHIRO KYOSUKE
KAWAMURA TAKUYA
KONNO TENRYU
SHIOTANI KEN
SHASENDO YUKI
SHUUKI RITSU
SUGIYAMA HORO
TAKADA TAKAFUMI
TSUJI MASAKI
NITADORI KEI
HARADA HIKA
HOJO KIE
MASAKI MASAMUNE
MASHITA MIKOTO
MADOY VAN
MITSUDA SHINZO
MIYANISHI MAFUYU
MORIKAWA TOMOKI
YABE TAKASHI
YUKI SHINICHIRO

黒猫を飼い始めた

講談社

黒猫を飼い始めた　目次

装幀　鈴木久美
装画・挿画　西山寛紀

黒猫を飼い始めた

妻の黒猫

潮谷　験

黒猫を飼い始めた。

正しくは、飼わざるを得なくなった、と言うべきだろう。

私は脱サラして手をつけた事業が立ち行かなくなり、資金繰りに追われていた。最後の頼みの綱が妻の預金だった。妻は資産家の一人娘で、多額の財産を生前贈与で譲り受けていたからだ。

問題は、私たちの夫婦仲が冷えきって、ずいぶん前から別居を続けていた点だった。

妻が暮らす一戸建てを訪ね、言葉を尽くして援助を乞《こ》うた私に、彼女が投げかけたのは侮《ぶ》蔑《べっ》の視線と後悔の言葉だった。離婚しましょう、と妻が言い放ったとき、私は激情にかられ、彼女の白い首へと手を伸ばしていた。

我に返ったとき、妻は骸《むくろ》に変わっていた。口元に流れる血の香りを嗅《か》いだとき、私は自分が外道であることを理解した。金の問題は片づいた、という安堵《あんど》の念がこみあげてきたからだ。このまま彼女が行方不明になれば、財産を書類上の夫である私が使うことに障害はないはずだ。

ならば死体を隠すことが肝心だ。

そう決めたとき、足下を影が横切った。

月のような瞳《ひとみ》と漆黒の毛皮を持つ猫が、少し離れた位置で私を見つめていたが、すぐに早足で物陰《ものかげ》へと消えた。

――猫を飼っていたのか。

たちまち、懸念が芽生《めば》える。今、あの猫は私の足にぶつからなかっただろうか？　妻の遺体に触れはしなかっただろうか？　これが発覚したら、警察が飼い猫に着目したら、その体毛や皮膚から、妻の血と私の衣服の繊維等を検出できるかもしれない。それは、妻の身になにかがあった場面に私が居合わせたことを裏付けてしまう。

捕まえなければ。

家中を探し回ったあげく、庭に面した部屋に、猫用と思われる小さな扉を見つけた。扉を見張っていると、五、六分で黒猫は現れた。この場で付着物の有無を確かめる余裕はない。幸いにもここへは車で訪れていたため、暴《あば》れないよう慎重に抱き上げ、とりあえず車内に放り込んだ。

次は死体を隠さなければ。段ボール箱に押し込んだ妻を、寂《さび》れたハイキングコースの草むらに埋めるのには苦労したが、幸い、見咎《みとが》められはしなかった。ここにきてようやく、私は安堵のため息をつくことができた。

二週間が経過して、妻の実家から行方不明者届を出したと聞かされた。これで警察が動き出すだろう。ここからが正念場だ。すでに猫は自宅へ連れ帰り、くまなく全身を洗い流している。猫は水を嫌うものと聞いていたが、この黒猫は、不思議そうに私を眺《なが》める以外、されるがままだった。無垢《むく》な赤子を思わせる瞳に、私の心は揺らいだ。この猫は、飼い主を死に追いやったのが目の前にいる生き物だと理解しているのだろうか？

不安を覚えても、始末するわけにはいかない。妻の家から連れ出した猫を勝手に処分したなんて、発覚すれば言い訳が利かないからだ。こうして、私は黒猫を飼い始めた。

程なくして、自宅に刑事がやってきた。私は妻を気遣《きづか》う夫を装うことに努力する。警察は妻の失踪《しっそう》をどれくらい深刻にとらえているのだろう。

年輩の刑事とあたりさわりのないやりとりを交《か》わした直後、私の背後でニャーと鳴き声が響いた。

「おや、黒猫ですな」

刑事が興味を示したことに私は緊張を覚えた。

「餌《えさ》のやり手がいなくなって、飢え死にさせるのも忍びなかったもので……」

勝手に猫を連れ出して、捜索の妨げになったでしょうか、と訊《き》くと、刑事は構わないと答えた。

「しかし、親猫の方では寂しがっているかもしれませんなあ」

親？　私が戸惑っていると、

「おや、ご存じではなかったのですか。奥さんのお住まいから見て左隣のお屋敷《やしき》でも猫を飼っておられまして、その子はそちらの家で生まれたそうですよ。ところが奥さんのお宅に移ってから、お母さん猫が赤ちゃんを探して夜鳴きするようになったそうで。そこで奥さんが気をきかせて、猫ちゃんの出入りできる扉を用意してあげたのだとか」

私はあの日、猫を探し回ったあげくに見つけた小さな扉を思い出していた。

「つまりお隣の猫は、子供に会うためにたびたび妻の家に来ていた、と？」

「そうらしいですよ。お隣とは仲がよろしかったようですな」

私はある厄介な可能性に思い至った。

「そのう、お隣の親猫というのは、やはり……」

「ええ、つやつやとした黒猫です」

刑事が辞去した後、私は黒猫をまじまじと見つめた。月の瞳が、まっすぐに見返してくる。

お前じゃなかったのか？　妻を殺《あや》めたとき、見かけたあの黒猫は……

違うとも、違わないとも断定できない。あのときの猫が、母親の方だったとしたら、これまでの骨折りはいくらか無意味になってしまう。

翌日、私は件《くだん》の屋敷を訪れた。来訪の口実はキャリーケースで持参している。しばらく離ればなれだった子猫を母親に会わせてやりたいと伝えると、品の良さそうな老婦人は喜んで母猫を連れてきてくれた。

危惧《きぐ》したとおり、二匹は並べても区別がつかないくらい似通っていた。

仮に、あのとき最初に見た猫が親猫の方だったとしたら、その体毛には今でも私に不利な証拠が残っているかもしれない。適当な話題を並べながら、私は婦人が離席するのを待った。

機会はすぐに訪れた。婦人がトイレに立ったとき、私は持参していたアルコールシートを取り出し、親猫の全身をくまなく拭《ふ》き取《と》った。妻の死から半月余り経過しているのだから、丹念に拭《ぬぐ》えば証拠も消えてしまうに違いない。

これで、本当に一安心だ。

額に浮かぶ汗をハンカチに吸わせ、ふと窓を見ると、パトカーが停車していた。

「奥さんの遺体が、近隣のハイキングコースで発見されました。現場付近の監視カメラが、あなたの車を撮影しています。ご同行いただけますかな」

玄関へ出た私に死刑宣告を突きつけたのは、あの年輩の刑事だった。

「どうして……」私は言葉に詰まる。一部始終を過誤なくやり遂げたとまで自惚《うぬぼ》れてはいない。私の行動を、くまなく調べあげたならボロも出ることだろう。だがそれにしても、私を注視するのが早すぎる。

「最初から、私を疑っていたのですか」

なぜ、と訊く私の背後に、とてとてと踏み音が聞こえた。廊下を駆け回る二匹の黒猫を背に、老婦人が冷ややかな視線をこちらへ注いでいる。

「あなたが引き取ったのは、親猫の方だったのですよ」

憐《あわ》れむように刑事は言う。

親、猫？

「時々、あるそうです。それぞれ家を出た猫ちゃんが、入れ違いになってしまうことが。あのときも、母猫が奥さんの家に、子猫がこちらに来ていた。そして母猫は帰ってこなかった」

刑事と老婦人はアイコンタクトを交わす。彼女は警察への協力者といったところか……

「それからずっと、飼い主の方は猫ちゃんを探しておられたんです。当然、いなくなった時間をある程度覚えておられます。その時刻は、奥さんの死亡推定時刻と一致します。つまり死亡推定時刻に行方をくらました猫ちゃんを、あなたは自宅へ連れ帰っていた」

そんなのは……

脱力とともに、かわいた笑いがせりあがってくる。

自分が犯人だと白状しているようなものだ。

愚かにも程がある。余計な気を回したせいだ。あるかどうかもわからない証拠を恐れて、猫を連れ去ったせいで破滅した――

「猫なんて、持って行くんじゃなかった」

「それは、難しかったのじゃないかしら」

嘆く私に、老婦人はゆっくりとかぶりを振った。

「黒猫には、魔力があるとも言いますものね」しゃがみこんで、親子の片割れを抱き上げる。

ああ、そうかもしれない。私は納得する。漆黒の体毛。月色の無垢な瞳。証拠を隠すためと己を偽りながら、けっきょく、この生き物に蠱惑《こわく》されていたのかもしれない。

黒猫を飼い始めた。それが私の命取りになったのだ。

灰中さんは黙っていてくれる

紙城境介

黒猫を飼い始めた。

同じクラスの灰中さんが。

その日はインフルエンザで学級閉鎖になった日の振替授業で、学校にはぼくら六年三組しかいなかった。その奇妙さに浮ついていたところに、クラスで一番可愛《かわい》い灰中さんのニュースが飛び込んできたものだから、みんなが一斉に食いついた。

「それじゃあ、学校終わったら見に来る？」

その上そんな提案をされてしまったら、見逃すわけにはいかない。ぼくがそのメンバーに滑《すべ》り込《こ》むことができたのは、たぶん人生で一番の幸運かもしれなかった。

そして、夢にまで見た灰中さんの家で、黒猫の姿を見たぼくは、すごく驚いた。

右目に眼帯をしていたのだ。

「この前の、学級閉鎖になっちゃった日にね、公園のベンチで、怪我《けが》してぐったりしてたのを見つけたの」

と、灰中さんは言った。

他《ほか》のみんなは、かわいそう～、と口々に同情を示す。ぼくはそっと手を伸ばし、黒猫のお腹《なか》に触れた。ふにふにして、温かかった。生き物の感触だった。

みんなは頭や背中、お尻《しり》を撫《な》でて、それぞれに黒猫を愛《め》でる。黒猫は最初こそぼくらの手を受け入れていたけど、すぐに鬱陶《うっとう》しそうに身を震わせて、別の部屋に行ってしまった。

「あんまり構いすぎるとよくないみたい。今日はこのくらいにしよっか」

そうして、集まりはあっさり解散になった。名残惜《なごりお》しげに玄関を出ていくみんなに続いて、ぼくも靴を履こうとしたけど、そのとき、後ろから手を摑《つか》まれた。

「――ね、火登くん」

それはぼくの名前だった。

「ちょっとだけ、付き合ってくれない？」

「え……」

振り返った先にあった灰中さんの瞳《ひとみ》には、見たことのない光が宿っていた。

まるで――そう、毎週楽しみにしているアニメが、今まさに始まろうとしているかのような。

灰中さんはぼくの手を摑んだまま、さっきまでいたリビングとは別の部屋に入る。一目でわかった。そこは灰中さんの部屋だった。ベッドには女子っぽいぬいぐるみが可愛らしく座り、けど本棚には、頭の良さそうな小説の背表紙がきっちりと並んでいる。

「ね、これ見て」

灰中さんは机の引き出しから、何か小さなものを取り出して、ぼくに見せた。

小さな、オレンジ色の——それは、ＢＢ弾だった。

「これね。あの黒猫を見つけたとき、背中の毛に引っかかってたんだ」

まさか、と思う。

「あの目の怪我ね、誰かに撃たれたみたい。エアガンで」

ぼくは沈痛な気持ちになる。あんな可愛らしい猫の目を、撃ってしまうなんて——

「ところで、わたし、気になってることがあるの」

灰中さんは学習机にもたれかかりながら、大きな瞳の前で、ＢＢ弾をくりくりと指の腹で転がした。

「エアガンって、そんなに上手《うま》く狙《ねら》って撃てるものなのかな？　例えば、ちっちゃな猫の、ちっちゃなお目めを、正確に狙撃《そげき》できるものなのかな？　……ううん、無理だよね。この弾が背中に引っかかってたのが証明してるもん。犯人は何発も撃ったんだよ。そのうちの一発が、たまたま目に入っちゃっただけ」

灰中さんはＢＢ弾を目に入れるフリをして、痛がるように片目を瞑《つぶ》ってみせた。

「その間、あの子はどうしてたかな？　何発もの弾丸を、大人しく浴びてただけ？」

「そりゃあ、逃げるんじゃあ……」

「そうだよね。きっと逃げる——背を向けて逃げる。でもでも、それだとどうかな？　犯人が追いかけながら撃ったんだとして——どうやって目に当たったのかな？　猫の目は、顔の前に付いてるのにさ」

「……あ……」

「当たるわけなくない？　角度的に、後ろからじゃ、目には――これってどういうことだと思う？　火登くん」

「……わかんないけど……BB弾だし、たぶん、どこかに跳ね返ったとか……」

「それ！　わたしもそう思うの！」

灰中さんは嬉《うれ》しそうにぼくを指差し、花咲くように微笑《ほほえ》んだ。

「あの子が撃たれたとき、その前方には、弾が跳ね返るような障害物があったんだよ。それって何だろね？　ふふふ、考えるまでもなかったよ。あの子を見つけたベンチの傍《そば》に、木がたくさんの林があったんだからさ」

灰中さんは滔々《とうとう》と語る。

「わたし、その林に入ってみたの。頭のすぐ上に枝葉が覆《おお》い被《かぶ》さってくるような、林っていうより森だった。スカートが引っかかりそうで大変だったなぁ」

知っている。その公園は、ぼくの家からも近いから。

「林を進んでいくとね、考えた通り、BB弾がたくさん落ちてたんだ。やっぱり、あの子はそこで撃たれたんだよ。となると、次に気になるのは、いつ撃たれたのかなってことだよね」

どこ、ではなく、いつ――場所ではなく時間。

「あの公園って、結構人が多いでしょ？　だから夜かなって思ったんだけど、いやいや、ちょっと待とうよわたし。撃たれたのは黒猫だよ？　夜中に黒い猫を追いかけるなんて、どんなに目が良くたって不可能じゃない？」

ね？　と同意を求めるように、灰中さんは小首を傾《かし》げる。

黒の体毛は夜の闇《やみ》に溶ける――ぼくは「そうだね」と相槌《あいづち》を打つことしかできなかった。

「だったら朝かな？　夕方かな？　ううん、朝はランニングや散歩の人がいっぱいいるし、夕方になると子供がたくさん遊びに来る。人気《ひとけ》がないのは――平日の昼間くらい」

「……じゃあ」

と、ぼくは口を開いた。

「会社にも、学校にも行ってない……そういう人がやったんじゃ？」

「怖いね！　不審者だ！　でも安心して、火登くん？　きっとそれはないよ」

「なんで……？」

「さっき言ったじゃない。『頭のすぐ上に枝葉が覆い被さってくるような、林っていうより森だった』――」

リズムを取るように指を動かしながら、灰中さんは自分の言葉をなぞる。

「わたしの頭の、すぐ上に枝があるんだよ？　大人がそこを通ったんなら、それを払ったり折ったりした跡があるはずじゃない。けど見た感じ、折れた枝はどこにもなかった――それとも、中腰で追いかけたのかな？　すばしっこい猫を？　すごいねえ、そういう競技あるのかな？」

パン！　と手を合わせて、灰中さんは言った。

「犯人は子供だよ。それもたぶん、小学生」

小学生——小学生が、平日の昼間に公園にいるはずがない。

普通なら。

「覚えてるよね、火登くん？　わたしがあの子を見つけたのが、どういう日だったか」

ぼくらのクラスが——学級閉鎖になった日。

「犯人、たぶん、わたしたちのクラスの中にいるんだよ。そしたらさ、教室で黒猫の話をしたらさ、きっと見に来るんじゃないかなって思ったの——犯人は現場に戻るっていうもんね」

「…………」

「ところで、火登くん」

天使のように笑いながら、閻魔《えんま》のように灰中さんは告げた。

「なんで——お腹を触ったの？」

「…………」

「あの子を触るとき、頭でも、背中でもなく、なんでお腹を、いきなり触ったの？　もしかして——」

「…………」

「――目だけじゃなくて、背中にも傷があるかもしれないって、心配してくれたのかな？」

ぼくからは――見えていたから。

ＢＢ弾が、お尻や、背中に当たっていたのは。

でも、まさか、目にも当たっていたなんて――

「ぼっ……ぼくは……」

「うんうん。大丈夫大丈夫。ちょっと疲れてたんだよね？　中学受験だっけ？　大変だもんね？　猫で癒《いや》されたくもなるよね？」

ざわざわと無遠慮にぼくの心を撫《な》で回《まわ》しながら、灰中さんは近付いてくる。

ぼくは動けなかった。

怖くなるくらい美しい、灰中さんの笑顔に、魅入られることしかできなかった。

「大丈夫だよ」

灰中さんは、ぼくの耳元に唇《くちびる》を寄せ。

まるで、脳味噌《のうみそ》に直接吹き込むように――囁《ささや》く。

「(黙っておいて、あげるから)」

そして、オレンジ色のＢＢ弾を。

ぼくの悪事の証拠を。

自分のブラウスのポケットに仕舞い、ぽんぽんと軽く叩《たた》いた。

「今日は付き合ってくれてありがとう。……これからもよろしくね？」

灰中さんは黙っていてくれる。
だからぼくも、黙るしかない。

イメチェン

結城真一郎

黒猫を飼い始めた。

そう聞こえた気がして、むむ、と顔を上げる。

空耳だろうか？

彼女はスマホを耳に当てたまま、ダイニングテーブルの一点を睨《にら》むばかり。

心なしか、普段よりショッキングピンクの髪がくすんだ色をしている。

「二歳のオスで、翡翠《ひすい》色の両目が特徴なの」

どうやら、聞き間違いではなかったらしい。

だとしたら、これはなんとも摩訶不思議《まかふしぎ》な発言だった。

なぜって、この部屋のどこにも黒猫など存在しないのだから。

堪《たま》りかねて辺りを見回してみる。

いつも通り、こぢんまりとしたワンルームは珍妙な品々で溢《あふ》れ返っていた。ヒトの頭蓋骨《ずがいこつ》ほどもある水晶玉、筒から生《は》える無数の竹ひご（筮竹《ぜいちく》というらしい）、毒々しい食虫植物の鉢植え、何冊かの古びた洋書、そして壁に掛けられた巨大なタペストリー。

中でも、このタペストリーはかなり悪趣味だった。立ち込める霧の中、深紅の満月を背負うようにして捻《ね》じれた木の枝からこちらを見つめる一羽《わ》の梟《ふくろう》。その視線に四六時中監視されている気がして、とにかく落ち着かないのだ。が、いくら遠回しに「外して欲しい」と抗議しても、いっこうに伝わる気配はなし。いっそ、彼女が外出している隙《すき》に引き裂いてしまおうか。ごめん、間違えて破っちゃった、てへぺろ、みたいな。

冗談はさておき。

鋭利な蛍光灯の灯《あか》りの下だと、コンセプトがあるようで特にないこれらの品々は滑稽《こっけい》でしかないものの、ひとたび常夜灯に切り替えた途端、なかなかどうして雰囲気が出てくるのだから、彼女はその辺のセンスがいいのだろう。なるほど、ここへもし〝翡翠色の目をした黒猫〟が加わるとなれば、さぞかし〝激映え〟に違いない。

もし居たらの話だけど——

「名前はケルベロスにするつもり」

それがどういう意味なのか、いや、そもそもなぜこんな大法螺《ぼら》を吹き始めたのか、俺には知る由もない。きっと彼女なりに考えがあるはずだとは思うけれど、ここは変に刺激せず、いったん静観しておくが吉だろう。一緒に暮らし始めて早一年——なんやかんや食わしてもらっている身でもあるし、そのあたりは割と弁《わきま》えているつもりだ。

「やっぱり、バズると言えばペットかなって」

彼女は、いわゆる〝地下アイドル〟だった。

何度聞いても覚えられないクソ難解なグループ名はさておき、四人組で、彼女が最年長のリーダーということだけは知っている。なんでも四人は「魔界大戦の戦火によって故郷を追われた聖戦士集団」とのことで、いまは〝こちらの世界〟でパワーを蓄《たくわ》えつつ、虎視眈々《こしたんたん》と反撃の機会を狙《ねら》っているのだとか。そして皆の声援と笑顔を後ろ盾に、いつの日か故郷を奪還すべく〝向こうの世界〟へと舞い戻る予定……らしい。

アイドルとやらには詳しくないので、これがエッジの利いた世界観なのか、それともごくありがちな噴飯ものの設定なのか、俺にはその辺りの判断がつかないけど、話を聞く限り、まだまだ人気からは程遠い位置に居るようだった。

――でも、諦《あきら》めたくないんだ。

――子どもの頃からの夢だったわけだし。

だからこそ、彼女はたった三人の観客を前に踊り歌い、雀《すずめ》の涙ほどの給料にも挫《くじ》けず、死に物狂いで汗水垂らして活動してきたのだ。いつの日か、必ずや〝地上〟へと這《は》い出《で》るために。その眩《まばゆ》い陽光の下で、ライバルの誰よりもひときわ輝いてみせるために。

そんな彼女に俺がしてあげられるのは、ひたすら傍《そば》に寄り添い、この腕でそっと抱きしめることだけだった。心身を擦り減らし、聖戦士どころかもはや魔物の親戚《しんせき》としか思えない顔をしている日がどれだけ増えようとも。

転機が訪れたのは、半年ほど前のことだったろうか。

――ねえねえ！　ヤバい、聞いてよ！

帰ってくるなり、そう叫びながら駆け寄ってきた彼女の弾《はじ》けるような笑顔は、いまだ鮮明に思い出すことができる。

——テレビ出演だって！　すごくない？

なんでもローカル局の深夜番組で、「次に〝来る〟かもしれない要注目アイドルグループの一組として」とのことだったけれど、たしかに大躍進と言えた。

——このチャンス、絶対逃すわけにはいかないよね。

——もしハネたら、もっと広い部屋に引っ越せるよ！

その晩、久しぶりに同じ布団で眠ることを許された。ここ最近「独《ひと》りにさせて」と眉《まゆ》を顰《ひそ》めることの多い彼女だったけれど、この日はすんなりと受け入れてくれた。

夜中にふと目を覚ました俺は、彼女の穏《おだ》やかな寝顔を眺《なが》めつつ、安らかな寝息に耳を傾けながら、その長くて柔らかい黒髪を自然と指で梳《す》いていた。いよいよだな、遠慮なくぶちかましてやれ——そう励《はげ》ましてあげたい一心で。

それなのに。

——こんなことなら、出なきゃよかったな。

番組出演を機に、彼女たちはこれまでと比べ物にならないほどのファンを得た。まだまだ「国民的」と呼ぶにはおこがましいレベルらしいけれど、それでも未曽有《みぞう》の注目を浴びていることに関しては、いっさい疑う余地がなかった。

でも、その結果として浮き彫りとなったのは、明確な〝格差〟だったのだ。

——嫌になっちゃうね、まったく。

これまでは〝地下〟の暗がりに潜んでいたおかげで判然としなかったメンバー間の力量差——容姿の美醜やら、歌唱力やら、平場でのトーク力やら、それらがついに白日の下に晒《さら》されてしまったのだ。最年長でリーダーの彼女は、最年長でリーダーであること以外に何一つ、眩《まぶ》しい陽光の中で輝けるものを持っていなかったのだ。

——どうしたらいいんだろう。

悩み抜いた末に彼女が辿《たど》り着《つ》いたのは、〝キャラ付け〟という安易で危険すぎる〝禁じ手〟だった。

——実は私、魔物側のスパイなんです。

——だから、日々メンバーの情報を流してるんだ。

そうして週に二度、この部屋から行うファン向けの動画配信の中で、こんな類《たぐ》いのことを口走るようになっていった。水晶玉、筮竹、食虫植物などの奇々怪々なアイテムが部屋に増え始め、髪型や髪色がどんどん派手で奇抜になりだしたのは、ほぼ同じ時期のこと。以来、浴室から頻繁に漂ってくるようになったヘアカラー剤の甘ったるい臭《にお》いが、なんだか惨《みじ》めで、どうにも憐《あわ》れで、俺は堪らなく嫌いだった。

いずれにせよ、リーダーともあろう者が敵陣営の回し者だなんて、恥も外聞もない、後付けも甚だしいキワモノ設定だと呆《あき》れ返《かえ》ったけれど、俺の予想に反して世間の評判はそこまで悪くないようだった。それと同時に、この立ち回りが彼女の描く青写真から程遠いものであろうことも想像に難くなかった。事実、配信が終わりスマホを床に放《ほう》ると、決まって彼女はこう嘆いていた。

――マジでバカみたい。

――私、いったい何してるんだろう。

目の下にできた隈《くま》は、わざとそういうメイクをしていることを差し引いても、かつてよりいっそうどす黒く、深い闇《やみ》を湛《たた》えているようだった。

――辞めたいかも。

ついにこう漏らし始めた彼女の横顔は、俺の指先が触れただけでも壊れてしまいそうなほど脆《もろ》く、危ういものになっている気がした。

だからこそ、言い知れぬ不安に駆られてしまうのだ。

いよいよ気が触れたのだろうか、と。

いったい、この部屋のどこに黒猫が居るというのだろうか、と。

もう、無理しなくていいって。

一緒に居られさえすれば、俺はそれだけで充分幸せなんだから。

「SNSで告知するから、公式でも拡散お願い」

電話の相手は、どうやらマネージャーのようだ。

それにしても、と卓上のデジタル時計に目をやる。

時刻は十九時半を過ぎたところ。普段通りなら配信は二十二時スタートなので、いちおうまだ余裕はあることになる。

どうするつもりだろう？

浅い口呼吸に合わせ、彼女の両肩が上下動を繰り返している。

思い詰めているときによく見せる仕草《しぐさ》だ。

固唾《かたず》を呑《の》んで見守っていると、彼女は「じゃあそんな感じでよろしく」とスマホを卓上に置いた。そのますっくと席から立ち上がり、扉の向こうへ姿を消す。

待つこと数十秒。

なぜだろう、微《かす》かに〝異臭〟がする。

俺の大嫌いな、例のあの甘ったるい臭いが――

「ごめんね、許して」

鼻をひくつかせていると、やがてガチャッと扉が開く。

なぜか、悲しそうな目をしてみせる彼女。

その手には、毛ぐしと黒のヘアカラー剤。

瞬間、ゾワッと全身の毛が逆立《さかだ》つ。

まさか。

「黒猫のほうが映えるから」

彼女が言い終わるより先に、

「こうするしかないんだ」

俺はテーブルから飛び降り、

「あ、こら、待ちなさい！」

一目散に駆けだしていた。

Buried with my CAAAAT.

斜線堂有紀

黒猫を飼い始めた。

一つの空間の中で住を共にするのだから、飼い始めたといっていいはずだ。おまけに、この月のような目をした黒猫と俺は、死の瞬間まで生を共にする運命にある。まさに、死が二人……一人と一匹を分かつまで、というわけだ。

少し手を伸ばすと、黒猫は懐《なつ》っこく擦り寄ってきた。黒猫はあまり他人に懐かないイメージがあったので、驚きである。この黒猫も俺のことが好きらしい。

ずっと猫を飼いたいとは思っていたのだ。小さい頃に家に居た猫は白にところどころ灰色の点が散っている可愛《かわい》い猫で、俺が中学に上がる直前に消えた。多分、死期を悟ったからだろう。

俺は大いに泣き、こんな目に遭うくらいならもう二度と猫なんか飼わないと喚《わめ》き、そうして半年後には、いつか猫を飼いたいなとぼんやり思える程度に立ち直った。情けない話だが、もしあの猫の死骸《しがい》なんかを発見していたら、俺はまた猫を飼いたいとは思えていなかったかもしれない。

だから、あの猫が消えてくれてよかったな、と思う。

「ここで俺とお前が出会ったのは運命かもしれないな」

そう言うと、黒猫がにゃあんと鳴いた。ああ、可愛い。

ここが砂漠に埋められた棺《ひつぎ》の中じゃなければ、言うことがなかったのに。

俺は現在、絶賛生き埋めになっている。商談の途中にちょっと治安の悪い地域を横断しようとしたのがいけなかったのだ。俺は突然現れた強盗団に身ぐるみを剝《は》がされ、棺の中に閉じ込められて、生きたまま地中深くに埋められた。

これから強盗団は俺の勤め先に連絡し、身代金《みのしろきん》を要求するのだろう。そういう生き埋め誘拐ビジネスが横行していると散々聞かされたのに、自分がそんな目に遭うところを想像もしなかった。馬鹿《ばか》すぎる。大抵の場合、身代金を支払おうが埋めた棺の場所は教えてもらえないものだとも聞いていたので、更に絶望的な気持ちになった。

現状に絶望し、パニックになりかけた瞬間、自分の脇《わき》の辺りにいる黒猫がにゃあんとまた一つ鳴いた。この距離でのふれあいに、思わずほわんと気持ちがなごむ。

俺の入れられた棺には先客がいた。この黒猫だ。

強盗団の奴《やつ》らは棺の中をよく確認しなかったのだろう。だから黒猫が中に入っていることに気づかなかったのだ。猫は涼しい棺の中で昼寝でもしていたのかもしれない。とんだ災難だ。心から同情する。

生き埋めになっている以上、俺も猫も共に死ぬ運命にあるはずなのだが、猫は暢気《のんき》だ。急に棺に現れた人間に臆《おく》することなくごろごろと喉《のど》を鳴らし、すんすんと俺の匂《にお》いを嗅《か》いでいる。猫は毛並みがよく、撫《な》でると気持ちがよかった。

　絶望的な状況下における猫の効能とは素晴らしかった。スマホも通じないし、明かりはスマホのバックライトとライターの火しかなく、脱出の手立てがまったく無いのに、猫がいるだけでなごむ。

　喉を鳴らす猫がいる状況で人間が死ぬところが想像出来ない。伸びをする猫がいる状況で、人間が拷問されているところは浮かばない。つまり、猫と酷《ひど》い状況は結びつかないんじゃないだろうか？

「お前もそう思うか？」

　喉の下を撫でながら尋《たず》ねる。猫は気持ちよさそうに「にゃぶふぅーぶぅう」と鳴いた。確信した。俺も猫も死なない。こんなに不細工な鳴き声をあげる猫が死ぬはずがない。全然悲《ひ》愴《そう》感が無い。

　猫——あるいは犬なんかには、謎《なぞ》の加護がかかっているのだ。

　確か、ネット上には猫や犬が死ぬ場面がある映画が網羅《もうら》された情報サイトがあった。この映画では猫が死にます。この映画では犬が死にます。この映画では犬が三匹、猫が二匹殺されます。などなど。

　曰《いわ》く、犬猫が死ぬシーンは人間が拷問されるシーンよりもキツいので、映画であろうと出来る限り見たくないというのだ。

彼らは観《み》たい映画を見つけたら、その映画の中で犬猫が死ぬかどうかを調べてから鑑賞に臨むのである。素晴らしい。そういう人間が俺の今の状況を知ったら、俺より猫が可哀想《かわいそう》で泣くだろう。

とにかく、この世界は猫が死ぬのを嫌がる。

猫が酷い目に遭うのをとことんまで赦《ゆる》さないこの世界なら、猫には酷いことを――ついでに俺にも酷いことを――しないだろう。今の猫は俺と一心同体。俺に酷いことをするということは、猫に酷いことをするのと同義だ。そうは絶対にならない。

「お前もそう思うだろ？　あ、名前付けるか。棺の中にいるから、ミイラ。ミイラ。どう？」

猫は俺の足元でつまらなそうに前足を舐《な》めている。

「ごめんて。俺も薄々思ってたよ。ミイラは無いって。なんかいいのが思いつかないんだ。考えようとすればするほど何か頭が」

そこまで言って、俺は悲鳴を上げた。猫がうるさそうにビクッとしてから、足元をぬるぬると走り回り始める。驚かせてしまったのは申し訳ないが、それどころじゃない。明らかに、酸素が、薄くなってきている。

息苦しくて、はあはあと小刻みに呼吸をしてしまう。生き埋めにされた人間がどうやって死ぬのかについてまるで想像が追いついていなかったが、こうして棺の中の酸素を吸い尽くして窒息死するのだ。俄《にわか》に後頭部が痛くなり、余計に息苦しくなる。

落ち着く為《ため》に、大きく息を吸い込む。すると、口の中に猫の毛が入ってきた。歯茎にべっとり猫味の繊維が貼り付き、たまらずべえべえと吐《は》き出《だ》す。猫は何をやっているんだという目で俺のことを見ていた。

猫には毛の問題がある。俺はあまり呼吸器が強くないので、猫と暮らすとなるとこの問題と常に戦う羽目になるのだ。それは……それは、正直、かなりキツい。猫を飼うのは、俺にはあまり向いていないのかもしれない。

そんなことを考えていると、何だか悲しい気持ちになってきた。だが、本当に悲しむべきなのは、棺の中の酸素が減ってきていることだ。というか、猫が入り込んだことで棺の中の酸素が減ってるんじゃないのか!? ふざけるなよ!?

俺は突発的な怒りに襲われ、猫に憎しみを抱く。だが、そんな俺の内心を見透かしたように、猫はのしりと俺の胸の上に載った。くわ、と欠伸《あくび》をしているから、眠るつもりなのかもしれない。

重みはあるが、幸せな体勢である。俺が横たえられているのが棺ではなくベッドだったら、誰もが憧《あこが》れるシチュエーションだろうに。こんな状況じゃなかったら、俺も一緒に寝てた。

そう思うと、酸素をガフガフ消費して俺の寿命を縮める猫に怒りを覚えられなくなってしまう。

猫は死のことを知らない。棺も生き埋めも知らない。ただそこにいる。猫がこの狭い棺の中で、人間と同じように死ぬことが悲しかった。猫は大抵の場合そんな目に遭わない。猫は自由に幸せに生きるものだ。どうしてこうなってしまったのだろう。

息苦しいのは酸素が薄いからなのか、猫がどんと胸の上に鎮座《ちんざ》しているからなのか分からない。単に、温かくてふわついたものが自分の上に載っている所為《せい》で俺も眠くなっているのだろうか。

猫は完全にお昼寝モードのようで、俺の上ですやすやと寝息をたてている。これから永遠に眠ることになるかもしれないのに、そんなことに時間を使っていいのだろうか。

死期を悟った猫は家を離れ、俺の前から消えた。ということは、目の前の黒猫は死期をまるで悟っていないように見える。なら、黒猫は死なないんじゃないだろうか……？

なんて、こんなのは現実逃避だ。俺は死ぬし猫も死ぬ。身代金が払われたとしても、俺が掘り出されることはきっと無い。

脱出の目がまるで無い。俺はここで死ぬしかないのだ。

……待てよ。

本当に、本当にそうだろうか？

俺は猫が先に棺の中に居たのだと思っていた。だが、猫が後から入り込んできたのだとしたら？　俺が昏倒《こんとう》させられ棺に入れられてから、生き埋め用の穴を掘っている最中に猫が棺に入り込んだのだとしたら？　俺が見つけられていないだけで、猫が通れるほどの穴くらいはどこかに空いているのでは？

俺は啓示を受けたような気持ちになり、身体《からだ》を思い切り捻《ひね》った。異常を察知した猫がぴょいと俺の身体から降り、また足元でどるどると動き回る。穴だ。猫の通れるくらいの穴。そこから棺を壊し、砂を掻《か》き出《だ》し、どうにかして脱出してやる。駄目でも藻掻《もが》いてやる。俺は生き残り、猫を飼いたい。この猫と、本物の、家で、暮らしたい！

息が荒くなる。いよいよ窒息死が近づいている。俺は舐めるように棺を撫《な》で回《まわ》し、穴を探した。穴。俺を救ってくれるかもしれない穴。猫が入ってきたかもしれない穴。地中に溜《た》まった空気を少しだけでも棺に送ってくれるかもしれない穴。

果たして、意識を失う寸前に俺は見つけた。

指先に微《かす》かな引っかかりを覚える。

そこには、穴があった。人差し指が入るか入らないかの、小さな穴。必死に探したが、棺に空いている穴はそれだけだった。これではどうすることも出来ない。こんな穴では何の意味も無い。

体中から力が抜けていく。異変を察知したのか、猫が傍《かたわ》らでにゃあにゃあ鳴いた。猫はいっそう烈《はげ》しく感情を露《あら》わにし、俺の周りを静電気のようにバタバタと走り回る。猫は自由で、しなやかだ。猫は液体なんだ、というネット上のジョークを思い出す。

こうして見ると、猫は確かに液体だった。自由で、しなやかで、そして——。

男が動かなくなると、黒猫はつまらなそうに大きな欠伸を一つした。そして、男が事切れる前に触っていた人差し指大の穴をすんすんと嗅ぐ。猫はそのままぬるりと穴の中に入っていった。

＊

穴の向こうに広がる無限の砂粒の中を、猫は悠々と泳いでいく。何故《なぜ》なら猫は液体であるからである。この世で最も自由で、しなやかで、砂に染《し》みこまない液体である。

猫はそのまま砂漠の表面に顔を出すと、一仕事を終えた解放感を「んぁあああぁご」という一言に込めた。黒猫の頭上には太陽のように明るい月が輝いている。

天使と悪魔のチマ

辻 真先

黒猫を飼い始めた。

軽い調子で里佳がそういった。

冗談と思ったら違った。

表紙にするから撮ってよ片倉、と仰《おっしゃ》る。もちろんボクが黒猫を抱いてる写真だぜ、同人誌『黒猫』の名に合わせて飼ったんだ。里佳はボクっ娘で男言葉を使う。撮ってくれよな、次の日曜14時だぜ。部室で頼まれて、ではない命令されてギクリとする。

その日はチマとデートを約束していた。三ツ瀬千万。俺や梨木里佳とおなじ東西大学で、おなじ推理研究部。いっとくが里佳とは比べる気にならないほど、チマは可愛《かわい》い。ホテルチェーンのオーナーの家に育った里佳とは、真逆につつましいチマや俺だ。高校のころバイト先がおなじレストラン、おなじミステリの話で親しくなった。

里佳はその店の常連である。父親のホテルの付帯施設だから当然だが、俺たちは使われる側、里佳は使う側。はじめから人生の序列が決まってるみたいだ、ちっ。

なぜか俺は里佳に気にいられた。恋人とわかると、チマの眼《め》の前《まえ》で俺にすり寄ってくる。

とことん根性が悪いが彼女の金と顔がなかったら、推研の同人誌『黒猫』の発刊は絵に描いた餅《もち》だったろう。だから彼女は推研のクィーンだ。部長で編集長で、愚にもつかない自作の短編を創刊号の巻頭に掲載すると決めていた。

おかげでチマが書いたミステリはボツだ、誰が読んでもチマの小説がはるかに優れているのに。チマは黙って編集長の意に従った。畜生め。

聞いてるのか、おい片倉智樹。知ってるぞ、チマとデートなんだろ。アハハッ、だからその日にしたのさ。おっ、キミでも怖い顔をするんだな。まあ諦《あきら》めてつきあえ。その日じゃないと写真が撮れないのさ。

里佳がいう。いつか紹介された軽井沢のクラシックホテルが、改装で休業するらしい。築七十年で吸血鬼のアジトみたいなそのホテルを、『黒猫』の表紙に使いたいのだ。休業初日にはもう工事の作業員が押し寄せる。その間隙《かんげき》を縫って撮影したいと仰せになった。

実は俺もチマも、里佳に学資を融通してもらった過去があって、頭があがらない。あまりに理不尽な要求をされると、つい殺したくなったりするが、俺にそんな度胸はないと里佳は見切っていやがる。つまり舐《な》められっ放しなんだ、情けねえ。

デートなら軽井沢でやれとばかり、チマまでレフ持ちに駆りだされた。創作のセンスはチマの足元にも及ばない俺だが、カメラの腕はあるからね。

だが、モデルが俺の指示に従うだろうか。里佳のことではない、俺が右を見てといえば左を見るへそ曲がりな女だから、どうせ自分でポーズも決めるだろう。俺が心配しているのは、黒猫だ。大人しく撮られてくれるかどうか。

するると里佳がせせら笑った。ちゃんと躾《しつ》けてやったよ。チマはボクの命令は絶対さ。

聞き間違えたと思った。チマだって？

そうだよチマ。それが猫の名前なんだ。チマ、餌《えさ》をこぼしてはダメ。チマ、そこはウンチの場所じゃない。チマ、雄の尻尾《しっぽ》を追う浮気者、いい名だろ？

気がつくと俺は、部室の外でがなり立てるアブラゼミの声を浴びて立《た》ち竦《すく》んでいた。このとき決めたのだ。つぎの日曜に里佳を殺す。

快晴に恵まれた当日、俺は約束の時間より早く着いて、準備した。里佳は三階ラウンジから南に張り出したバルコニーを、撮影の舞台に選んでいた。真下を岩壁に挟まれた渓流が走る。目を洗うような眺《なが》めなのだ。

午後の撮影なので、モデルはバルコニーの東側に立つことになる。右に動けといえば必ず左に動く。そういうあいつの性分を利用するのだ。はじめに立つ場所から左へ伸びた手すりに、俺は傷をつけた。風雨にさらされた露台だから傷だらけだ。それに混じって目立たないが深い傷、人が凭《もた》れたら折れる程度の傷。カメラマンの目で吟味したが、大丈夫。気づくものか。これはプロバビリティの殺人計画だ。万一にも里佳が素直に指示にしたがえば失敗だが、それなら次の機会を待てばいい。臆病《おくびょう》な俺らしい計画なのだ。

やがて建設会社の作業員たちが現れた。今日の彼らには事件の証人になってもらう。

ハイ、お嬢様ならカメラマンの指示を無視して、反対方向に移動されました。そこの手すりが折れたのです。お気の毒に。全員が口を揃《そろ》えて、完全犯罪は成立する。

チマも到着した。撮影はいつでもOKなのに、里佳がまだ顔を見せない。焦って探しに下りると、ミンミンゼミの合唱の中に自慢の外車を止め、悠々とメイクしていた。せかしてやると黒猫を抱いて車を下りた。なるほどみごとな色つやだが、生気がない。無気力に目を閉じている。声をあげるのも億劫《おっくう》とみえ、まるでよくできたぬいぐるみだ。

ラウンジにあがると、社長令嬢を知っている作業員がいて最敬礼で出迎えた。バルコニーではチマが待っていた。黒猫が自分とおなじ名前だと聞いても、まるで動じずに猫に挨拶《あいさつ》した。おなじ名前同士仲良くしましょうね。反応が期待はずれで里佳はつまらなそうな顔をした。あんたとチマでは人間の格が違うんだよ、ふん。

さすがに撮影にはいると、里佳は満面を笑みで飾りつけた。チャンスがきた。ファインダーを覗《のぞ》いた俺は、女にチョイ右と指示した。さあ、どうする。右？　左？　もちろん里佳は予測通り左に移動した。ボクの顔はこの角度がいちばん魅力的なのさ。言ってろ。

瞬間、手すりが崩れた。崩れたと思った。二本の足を付け根まで見せてでんぐり返った女の姿は、あいにく俺の幻視だった。そんなバカな。なぜ手すりは壊れないんだ。

悪夢に憑《つ》かれて朦朧《もうろう》とした俺は、それから機械のように撮り続けた。満足した里佳がラウンジに戻ると、俺はあわてて手すりを検分した。なんと鎹《かすがい》で補強してあった。

いけないわ智樹、確率の殺人なんて。

振り向くとチマの天使のような笑顔があった。子どものいたずらを見つけた母親の目だ。

作業員に頼んで応急処置してもらったそうだ。なにもかもお見通しだったなんて。

そのときだった。里佳の悲鳴がラウンジの空気を引き裂いた。つづけざまに人間が転げ落ちる音。作業員たちが階段に駆け寄ってゆく。

お嬢様が落ちた！　階段を下りようとしたら、黒猫が顔を引っかいた！　下から作業員のひとりが怒鳴《どな》っていた、うちどころが悪かった！　息をしていないぞ、お嬢さん！

茫然《ぼうぜん》とする俺とチマの足元で、黒猫のチマが階段の下り口で爪《つめ》を研いでいた。俺たちの視線に気づくと、にゃあと高らかに声をあげ、悪魔のように笑ってみせた。実際そう見えたのだから仕方がない。

セミの声は、いつかヒグラシのかぼそい歌に変わっていた。

レモンの目

一穂ミチ

黒猫を飼い始めた。

……と言っても、毎晩数十分程度の話。マンションのベランダに夜な夜な現れるようになった黒猫と戯《たわむ》れるのがわたしの日課になっていた。

一ヵ月ほど前、洗濯物が干しっぱなしだったのを思い出し、慌てて取り込んでいる最中にふと視線を感じた。手すりの方を見ると、暗闇《くらやみ》にレモン色の目がふたつ、つややかに輝いている。はっと息を呑《の》むわたしの眼前で真っ黒な猫が「どうしたの?」と言いたげにちいさな頭をすこし傾け、その仕草《しぐさ》の愛らしさに思わず笑みがこぼれた。

「びっくりした、暗いとこにいられると目しか見えないんだもん。おどかさないでよ」

わたしは開けっぱなしの掃き出し窓から室内に洗濯物を投げ入れると、屈み込んで呼びかけてみた。

「おいで」

小刻みに指を動かすと黒猫はすぐ興味を示し、ベランダの内側にすとんと下りてくる。指先につめたい鼻をくっつけてすんすん匂《にお》いをかぎ、そのまま手の甲に顔をすりつけた。何て人懐《ひとなつ》っこい子。首にはチャームのついた赤いリボンが巻かれていて、ひと目で飼い猫だとわかった。

「猫ちゃん、どこから来たの？」

話しかけながら顎《あご》の下や背中をまさぐっても黒猫はいやがるどころかこてんと足元に転がってお腹《なか》を見せ、わたしの手を両前脚で抱《かか》えて甘噛《あまが》みする。無防備な仕草がかわいらしく、わたしはひとしきり温かな毛並みを堪能《たんのう》させてもらった。このところ、恋人と喧嘩《けんか》続きでささくれていた心がじんわり潤《うるお》うのを感じる。アニマルセラピーってこういうことか。

ほのぼのした気持ちでお腹をさすっていたら、部屋の中でスマホが鳴った。黒猫はぴっと耳を揺らして起き上がると素早く手すりに飛び乗り、幅十センチもないそこをとと っと駆けてお隣のベランダに行ってしまった。慌てて身を乗り出したが、もう姿は見えない。大丈夫かな。後ろ髪を引かれつつ電話に出た途端、恋人から「出るのが遅い」と小言を言われ、セラピー効果は一瞬で薄れた。

次の日も、その次の日も黒猫はわたしの部屋のベランダに現れた。ひとしきりじゃれつき、満足すると去っていく。どうやらうちは巡回ルートに選ばれたらしい。飼い猫を外に出してはいけないことくらい理解していたが、悪い気はしなかった。

しかし恋人に話すと「そんなのに構うなよ、汚い」といやな顔をされた。

「汚くないよ、きれいな子だよ」

「外をうろついてたらノミやダニがくっついてるに決まってんだろ。大体、ベランダで構ってるって……どんなかっこで出てんだよ？」

「普通の部屋着だよ、スウェットの上下とか。昼間は蒸《む》し暑《あつ》いけど、ベランダで夜風に吹かれてると気持ちいいんだよね」

「部屋着ってことはノーブラ？　不用心すぎる。近所の男に見られたら」

「ベランダの向こうは河川敷《かせんじき》だし、隣からは仕切りで見えないよ。来たことあるんだから知ってるでしょ」

「心配なんだよ。お前んち、今どきオートロックもないし。その猫、雄じゃないよな？」

下手な冗談かと思ったが真顔だったのでわたしは呆《あき》れてカフェの席を立ち、彼を振り切ってタクシーに飛び乗った。「心配」「お前のため」という大義名分をふりかざして人を束縛しようとするやり方に心底うんざりしていた。何度注意しても「お前」呼ばわりが直らなかったし、猫の性別まで気にするなんて、どうかしている。その日のうちにLINEで別れを告げたものの、向こうは納得してくれず、アポなしで家までやってくるようになった。引っ越し資金も、頼れる身内や友人もいないわたしにとって、夜毎《よごと》通ってくる黒猫だけが慰めだった。コンビニで見かけた猫用のおやつをつい買い与えてしまったのは、猫より自分の孤独や不安を甘やかしてあげたかったからだ。猫はペースト状のおやつを貪《むさぼ》るように舐《な》め、満足げに帰っていった。

その次の晩、赤いリボンに細いこよりのようなものが結びつけられていた。ほどいて広げてみると、たどたどしい字で何か書いてある。

『こんばんわ。ミミにおやつをくれましたか。くちのまわりにちゅーるがついてました』

小学校の低学年くらいだろうか。ほほ笑ましい筆跡とメッセージに、自然と頬《ほお》が緩《ゆる》む。

「ミミっていうの？　かわいい名前だね」

と話しかけると、ミミは「なーん」と応えた。わたしはメモ帳に返事を書く。

『こんばんは。かわいかったので、かってにちゅーるをあげてごめんなさい。おそとはいろいろあぶないので、ミミちゃんはおうちのなかにいてもらったほうがいいとおもいます』

細く折りたたんでリボンに結ぶ時も、ミミは抵抗しなかった。本当におとなしい子。ひょっとしたら今夜が最後かも、と寂しくなったが、翌晩もミミはやってきた。

『ちゅーるありがとうございます。ミミは、よるになるとさんぽしたがってなくので、しんぱいなのですがだしています』

『こんばんは。にんげんもおさんぽしたいもんね』

『わたしもおさんぽがすきです。わたしはりりといいます。しょうがく1ねんせいです』

『りりちゃんこんばんは。おなまえおしえてくれてありがとう。わたしはみさとといいます。25さいです』

『みさとおねえさんこんばんわ。ミミはあしたワクチンをうちにいくのでしんぱいです。わたしもちゅうしゃはきらいなので、ミミがしんぱいです』

『りりちゃんこんばんは。おねえさんもちゅうしゃがあんまりすきじゃありません。でも、ミミのためにひつようだからね。ワクチンがおわったら、ミミにおやつをあげてほめてあげてね』

『みさとおねえさんこんばんわ。ミミはいいこにしてました。ちゅーるをたくさんあげました』

『りりちゃんこんばんは。ミミはえらいですね。わたしもみならわなくちゃ』

毎晩通ってきてくれるミミと、顔も知らないりりちゃんとの交流はわたしのささやかかつ不可欠な楽しみになっていた。わたしは、ミミと元恋人が家の外で鉢合わせたらどうしようと恐れた。彼はミミに危害を加えるかもしれない。いちばん新しいＬＩＮＥには「お前は世間知らずだから俺が守ってやらなきゃ」というような主張が長文で綴《つづ》られていた。いい加減にしてよ。

『みさとおねえさんこんばんわ。わたしは、よるひとりでねるのがこわいです。みさとおねえさんはひとりでねられますか？　こわいですか？　いっしょにねるひとはいますか？』

怖いに決まってる、と思ったが、まさかこの子に事情を打ち明けるわけにはいかない。穏便な返事を書いた。

『りりちゃんこんばんは。みさとおねえさんはひとりぐらしなので、ひとりでねてます。おとなになったら、ひとりでねむれるようになります。りりちゃんもきっとだいじょうぶ』

次の日、いつもどおりミミが運んできた手紙をほどこうとして、リボンが汚れているのに気づいた。泥か、フードの食べ残しか。洗ってあげようとリボンごとミミの首から外し、手紙を開く。たったの、一行。

『そっかー』

「え?」

声が出た。何これ、意味がわからない。それだけじゃない、いつものりりちゃんの手紙と違い、明らかに大人の筆跡だった。

誰なの?

わたしの手からリボンが滑《すべ》り落《お》ち、チャームがコンクリートの床にぶつかって硬い音を立てた。何かが弾《はじ》け飛ぶ。丸い蓋《ふた》のようなもの。チャームを拾い上げ裏を確かめると、ボタン型の電池が入っていた。これはたぶん、小型のGPS受信機だ。ペットが迷子になった時、追跡できるようにするための。別におかしなことじゃない、けど。

わたしはもう一度『そっかー』だけの手紙を見つめる。大人の、男の書いた字に見える。りりちゃんなんて、最初っからいないんじゃないの? 少女のふりをして、わたしの性別と年齢、ひとりで暮らしていることまで把握したから『そっかー』って――誰かの視線を感じて顔を上げると、いつの間にか手すりに上っていたミミがわたしをじっと見つめている。初めて会った夜のように、レモン色に輝くふたつの目で。わたしはGPSを握りしめ、後ずさる。その背中を叩《たた》くように、ピンポーンとドアチャイムが鳴った。

元恋人だ、そうに決まってる。しつこく押しかけてきただけ。ねえ、そうでしょう、あなたでしょう? 世間知らずだから俺が守ってやらなきゃ、あなたの言うとおりだった。ねえ。

ピンポン、ピンポーン、と鳴り続けるチャイムが、イエスにもノーにも聞こえてくる。

メールが届いたとき私は

宮西真冬

黒猫を飼い始めた。

学生時代からの男友達、藤田肇から、そうメールが送られてきた。

彼の連絡の取り方は、いつも気まぐれだ。しばらく会っていなくても、まるで昨日大学で会ったようなテンションで、メールや電話がくる。大抵は彼が酔っているときだったが、今はまだ、夜というよりは夕方と言ったほうがいい時間帯だ。もう呑《の》んでいるのだろうかと少し、心配になった。

添付されている画像を見ると、まだ子猫だった。黒猫と言うのにふさわしく、潤《うる》んだ瞳《ひとみ》以外はつややかな黒だった。

坂下聖乃は駅の待合室から出て、肇に電話をかけた。ワンコールで出た彼は「可愛《かわい》いだろ？」と、挨拶《あいさつ》抜きに言った。

「いや、可愛いけど。奥さん、猫アレルギーだって言ってなかったっけ？　大丈夫？」

訊《たず》ねると、肇は「あー」と間延びした声を出し、

「だいじょうぶ。離婚したから」

と笑った。

「え？　いつ？　なんで？」

驚いて訊ねると、

「畳みかけるなってー。それより、おまえ、今日休み？」

「……いや、仕事。ちょっと用事があったから外に出てて。家に直帰する予定」

「今、どこ？」

駅名を告げると、肇は「うちの近くじゃん」と笑った。

「猫に会いにこいよ。で、飯でも食おうや。駅まで迎えに行く」

肇は返事を聞く前に、電話を切った。


改札を出て待っていると、彼は学生の頃に着ていたダウンジャケットを羽織《はお》ってやってきた。

何年着とんねん！　とエセ関西弁でツッコむと、だってまだ着れるやん！　と肇は笑った。

スーパーで食料や酒を買い、アパートに向かった。住所は知っていたけれど、訪れたことはない。

2LDKのアパートは、その広さのわりに物が少なかった。その余白こそが、別れた奥さんの置いていった気配に思える。

「ほら、可愛いだろ」

リビングの壁沿いに置かれたクッションの上に、黒猫は丸まって眠っていた。画像では随分小さいように見えたが、実際は大人の猫より少し小ぶりなくらいで、しっかりした体格だった。

「もしかして、まだ小さい頃の画像を送ってきた？」

訊ねると、「うん」と、肇は頷《うなず》いた。

「ベストショットを送った」

「ああ、そう」

「そこらへんに座って。さっとツマミ作るから」

言うなりキッチンに向かった肇に取り残されて、戸惑いながら座る。微動だにしない黒猫を見つめながら「名前はなんていうの？」と訊ねると、肇は「キヨ」と答えた。

「……なにそれ。おばあさんみたいだね」

聖乃が言うと、

「いい名前じゃん」

と顔をくしゃくしゃにして笑った。

スティック状に切った大根やニンジン、塩コショウして焼いただけの鶏肉《とりにく》、ブロッコリーのナムルをローテーブルに並べると「久しぶりだな」と肇はビールをこちらに渡した。

「まあ、結婚してたら会いづらいからね。奥さんに悪いじゃん」

聖乃は言うが、肇はぴんときていないようだった。

「別に結婚したって、友達に会うくらいいいだろ」

「まあ、そうかもしれないけど。積極的にどうぞとは、言えないと思うよ。奥さんも」

ふーん、と言い、肇は缶のままビールを呷《あお》る。

「それで、聖乃は？　彼氏とどうよ。うまくやってんの？」

聖乃もタブを引いて、ひとくち、口をつける。

「うまくやってるよ。……今度、結婚することになった」

「おー、めでたいじゃん！　よかったな」

ありがとう、と言った瞬間、部屋の外で耳鳴りのような音がした。思わず振り返ると、肇が窓辺に立ち、「うわ、雨降ってきたわ」と呟《つぶや》いた。

聖乃も隣に立ち、外を眺《なが》めた。

コンクリートの地面に打ちつける雨を、街灯が照らしている。墨汁をぶちまけたような闇《やみ》に、まっすぐ降り注ぐ光。

凄《すご》いね、と聖乃が肇を見上げると、彼は真顔でこちらを見ていた。驚き、顔を逸《そ》らす。

「これはしばらく降るな」

肇はそう呟き、ローテーブルの前に戻った。

「泊まっていけよ。明日、休みだろ？」

「でも」

「しばらく会ってなかったんだから。積もる話もあるだろ」

帰る、と言おうとしたけれど、背が高い肇の猫背を見ていると、なぜか言い出せなかった。

じゃあ飲み明かそうか、と聖乃は腰を据えた。

なんで結婚なんかするんだよ、と肇が絡み始めたとき、彼の前にはビールの空き缶が、三本並んでいた。料理にはほとんど、手をつけていない。弱い癖《くせ》に、どうしてこう、飲みたがるのだろう。

「するでしょう。もう、つきあい長いから」

鶏肉を食べようと取り皿に取ったものの、冷えて脂が固まっていたから、そのまま箸《はし》を置いた。代わりに野菜スティックを齧《かじ》る。

「本当に好きだったらさ、形にこだわることないだろ。結婚なんて、無駄な制度だね」

あまりに否定してくるので悔《くや》しくなり「じゃあ、あんたは、なんで結婚したのさ」と訊ねた。

肇は迷うことなく「好きなら結婚して、って言われたから」と吐《は》き出《だ》した。

なんて言っていいか分からなくなり、

「好きだったんだよね」

と呟いた。

「信じられない、って言われたけど。俺の好きと、元嫁の好きは違うんだって」

耳まで赤くなった彼は、子供のように泣いていた。

「でもさ、あいつだって言ったんだよ。俺のことが好きだって。そのままの俺が好きだって。だから結婚してって。なのに、別れるときは正反対のこと言うんだよ」

正反対？　と訊ねる。

「結婚したら変わってくれると思ったのにって」

うん、と聖乃は頷いた。

「変わってくれると思ったから結婚したってさ、どういうこと？　変わらなきゃ俺のこと好きじゃないならさ、それって俺のこと好きじゃなかったんじゃないの？　じゃあ、俺のどこを好きだったんだよ」

「分かった、もういいよ。ごめん」

フローリングに置いてあった箱ティッシュを差し出す。肇は箱を受け取らず、聖乃の手首を握った。

「……やめて？」

聖乃は笑って言ったけど、すぐに顔が強張《こわば》った。顔を上げた彼は、笑っていなかった。

「嫌だ」

肇はそう言い、聖乃を押し倒した。フローリングが冷たい。こんなに間近で彼の顔を見るのは、初めてだった。

嫌ではない。――それでも。

――なー。


言葉に詰まっていると、聖乃の代わりに、キヨが鳴いた。

肇の動きがとまる。

「……もし」

聖乃は声を振り絞った。

「もし、今、肇と寝たらさ、その瞬間は、いいかもしれない。でも、終わった途端に後悔する。それで二度と、あんたと会うことはなくなると思う。肇はそれでいいの？　もう、私に会えなくなってもいい？　あんたにとって私は、その程度？」

肇は首を横に振った。

「……会えなくなったら嫌だ」

うん、と聖乃は小さく顎《あご》を引いた。

「……じゃあ、やめよう」

少しして、分かった、と言い、肇は身体《からだ》を起こした。聖乃も起き上がり、トテトテと歩いてきたキヨに、指先を嗅《か》がせた。

「ちょっと、タバコ買ってくるわ」

気をつけて、と言う声を聞く前に、彼は出ていった。

聖乃は自分を、ズルいやつだ、と思う。

肇のアパートの最寄り駅にいたのは、偶然ではない。

恋人の浮気を知って、ケンカをして飛び出した。肇に会いたいと思って、でも、自分から連絡できずにいた。そんなとき、窮地を救うようにあのメールが届いた。

——黒猫を飼い始めた。

どうして私たちはこんなに弱いのだろう、と聖乃は思う。こうやって傷つくたびに連絡をし合って、ひとりで抱《かか》えきれない気持ちを吐露して、受け止めて貰《もら》ってきた。

それでも、私たちは恋人にはなれない。なった途端、関係が崩れていくのが目に見えている。そんな危険を冒して、肇を失うわけにはいかなかった。

メイにまっしぐら

柾木政宗

黒猫を飼い始めた。

――さて。

「おーい、メイ」

これからどうしようか。ひとまず椅子《いす》を回転させリビングを向き、メイに声をかけた。値が張ったデスクと椅子は、腰痛を危惧《きぐ》し奮発して買ったものである。

メイは耳としっぽをピンと立てて、優雅にソファの上を歩いていた。

俺の声に立ち止まり、じっと見つめてくる。黄と青のオッドアイが神秘的に輝く。

手招きをしたが、ぷいと横を向かれた。つれないやつだなと、ひとりごちる俺。主従関係は明らかだ。

昼食にホットケーキを食べ、買い物に行くことにした。

使い捨てカイロを腰から剝《は》がしゴミ箱に捨てる。おじさんのさえない日常である。

シャワーを浴びてさっぱりした後、洗面所で髭《ひげ》を剃《そ》っていると、メイがやってきて俺を見上げた。留守番となることに気付いたのかもしれない。このあどけない顔付きに、いつも後ろ髪を引かれる。

白シャツの上にコートを着て外出した。そういえばこのシャツは、メイが我が家にやってきた日、友人に勧められて買ったものだった。

メイがやってきたのは一ヵ月前のこと。友人がつれてきた。俺を気遣《きづか》ってくれたのだろう。

元々猫には興味があった。猫の絵を見るのが好きだったのである。

そうなったきっかけも覚えている。角川文庫から出ていた仁木悦子さんの作品の表紙を飾る、上野紀子さんによる猫の絵だ。童話的で柔らかい雰囲気のある仁木作品に、あたたかいタッチで描かれた猫はぴったりだった。

ただ人一倍不精者の俺が、猫をペットにできるとは思えなかった。

だがいざメイがやってきたらどうだ、思いのほか楽しんで世話をしている。仕事柄《がら》、在宅ワークが多いのもよかった。

あごをかいてやったら気持ちよさそうに目を細めて、甘えるように俺にもたれかかってきて。すっかりメイのとりこだ。

たぶん俺は寂《さび》しかったのだ。メイが来て寂しくなくなって、それに気付いた。妻だった女性は娘を連れて出ていき、バツイチ中年男のマンション一人暮らし。

後悔は日常に影を落とし続けている。彼女が出した答えを、俺は受け止められずにいる。

今はまだ、白黒はっきりつけることができない。

そんな情けない俺の下にやってきた、腕白で気まぐれなパートナーは、ささくれだった俺の心を静かに撫《な》でてくれるのだ。


その日の夜、黒猫について色々検索してみた。

パソコンの画面に大きく黒猫が映し出される。メイほどではないが、こいつもかわいい。黒猫のどこが不幸の象徴なのだろう。猫はおしなべてかわいくて、だから不幸は似合わない。

そして俺のパートナーのメイは、猫の中で世界一かわいい。世界一かわいい猫という称号は、猫の数だけあるのだろう。

画面の黒猫に見とれていたら、どこからかメイの鳴き声がした。ガサガサとビニール袋の音がする。

——またいたずらか？

振り向いたら、部屋の隅《すみ》にビニール袋が落ちていた。メイが遊んで放置したようだ。散らかしてしょうがないやつだ。で、肝心のメイはどこだ？

どこかに忍び込んでいるのかと思っていたら、もう一度ビニール袋がガサガサと音をたてた。よく見たらしっぽが少しはみ出ている。

見つけた！　メイはビニール袋の陰《かげ》にいた。白熱した様子でビニール袋とじゃれ合っている。

かまってほしいのか、メイは俺を見て「にゃあ」と鳴いた。

メイの相手をした後、ふと眺《なが》めたくなり、本棚から仁木作品を手に取った。

どの表紙も素敵だが、特に俺は『夏の終る日』の表紙に描かれた、首にスカーフを巻いた猫が好きだ。興味なげに視線をそらしたような表情が、いつもそっけないメイに似ている気もする。仕事が一段落したら、物語も読み返そう。

次に手に取って眺めたのは『凶運の手紙』だ。封筒を口にくわえた、こちらの猫もよい。

そこに「にゃあ、ふにゃあ」と、キッチンの方からメイの鳴き声がした。

何かあったのかと向かう。

「おいおい、今度は何だ……」

一目見て、ため息がこぼれた。

ちょこんと座り込むメイの姿。

すましてはいるが、白々《しらじら》しくごまかしているだけだな。

なぜならメイの体が、黒く汚れているのだ。

なぜそうなったのか。メイのそばに落ちているものを見て理解した。

ゴミ箱に捨てたはずのカイロが床に落ちている。内袋は破られ、中の鉄粉が床に散らばっていた。メイが遊んで破いてしまったのだ。

メイは屈託のない目で俺を見上げている。

そんな目で俺を懐柔しようとしても無駄——ではない。

「今日は暴《あば》れん坊《ぼう》さんだな。ほら、きれいにするぞ」

お風呂《ふろ》嫌いのメイを抱きかかえたら、「ふにゃあ」と不満げに鳴いた。


メイの体をきれいにした後、再度パソコンの前に座った。

画面には、開きっぱなしだった黒猫の画像。

メイがやってきて、俺のひざの上に飛び乗ってきた。暴れん坊さんで甘えん坊さんだ。

小さな前足をふにゃふにゃ動かして、俺の気を引いてくる。

それを見て思った。もしかして。

「お前、嫉妬《しっと》してるのか……？」

画面の黒猫を眺めていたらビニール袋をガサガサと鳴らし、仁木作品の猫を眺めていたらキッチンでいたずらを始めて。俺の気を引こうとしたのだろうか。

メイは「ふぅん」と小さくうなった。

嫉妬するメイを愛《いと》しく思うが、嫌な思いはさせたくない。どうする？　どうする？　どうする？

単純な方法しか思い浮かばない。撫でてやろうとしたが、ひょいと避けられた。

ため息混じりでディスプレイに表示された黒猫を消し、代わりに文書ファイルを開く。

ファイルの内容は昼間から変わらず、初めの一行だけが打たれている――『黒猫を飼い始めた。』と。

この一行から始まる掌編を。しがない作家の俺に来た依頼だった。

しかし決められた一行を入力して、そこから先に進まない。しがない所以《ゆえん》である。

締め切りは近い。これからどうしようかと、悠長に構えている暇もない。

そこで着想を得ようと、黒猫について調べたり、黒猫の画像を眺めたりした。

メイはそれに嫉妬したのではないか。他《ほか》の猫に目移りするな、と。

「にゃあ」とメイの一声。俺に顔を近付けてくる。

何という愛くるしさ……。心がとろけてしまいそうだ。

抱きかかえようとしたがまた逃げられ、メイはデスクの上に飛び乗った。

ごめんよ、メイ。寂しい思いをさせてしまった。黒猫について調べたのは仕事なんだ。だから許してくれ。

そういえば、シュレディンガーの猫って知っているか。

不確定性原理とかエヴァレットの多世界解釈とか、今の俺には何だかいけすかない言葉だ。

確かなこと、たった一つでもあれば心強いのにな。

長年ともに過ごした相手を失った俺は、身勝手にそんなことを思う。

デスクの上のメイは、俺を拒否するように「ふん」と息を漏らした。

簡単には許してくれそうにない。メイがへそを曲げているのは明々白々だ。一ヵ月ともに暮らしてきたのだ、顔付きでわかる。

独《ひと》り身《み》の寂しさに、別れを悔《く》やむ情けない男の気持ちに、白黒はっきりとした答えが出るまで。

「メイ、どうかその世界一のかわいさで、俺の孤独を受け止めてくれ。儚《はかな》い毎日にお前だけはそばにいてくれ」

胸の奥にしまってあった言葉を告げるのは、いつだって気恥ずかしい。でもメイには伝えられる。伝える相手がいる素晴らしさ。

だがメイは俺を一瞥《いちべつ》すらせず、ツンとすますだけだった。人間の言葉が通じないのではなくて、俺をからかっているのだと思う。

――調子いいんだよ。嫉妬させやがって。お前の言うことなんか聞いてやらないよ。

そう言われた気がした。やはり俺は、メイに従うだけなのだ。

ごめんなメイ、俺は黒猫を飼うつもりはない。俺が愛情を向けるのは――。

白猫のメイ、お前だけだから。

確かなことは一つだけ。お前がいて俺は救われているんだ。

ただ体に鉄粉を擦《なす》りつけて、黒猫に見せるのはやりすぎだぞ。俺は黒猫に浮気したわけではない。

カイロでいたずらをしたのは、メイのかわいい抵抗だったのだ。真実は教えてもらえないが、そういうことにする。
「にゃあ」
聞くに及ばんとメイが鳴き、デスクの上をトコトコ歩き出す。
あっ、ストップ。もしかしてお仕置きのつもりか？
こら、キーボードの上を横切るなんてお行儀悪いじゃないか。俺の仕事道具だぞ。
やめろｚｘｃｖ５６６７ｇｈｊ、。・ー＾＾

ミミのお食事

真下みこと

黒猫を飼い始めた。

もともと彼が飼っていたアメリカンショートヘアを、私が引き取った形だ。名前はミミ、彼が考えた呼び方のまま。

私は猫にアレルギーがあったので、ミミを家に入れてからというもの、市販薬を飲んでいても鼻はムズムズとかゆいし、時々くしゃみが出てしまう。以前はこの薬を飲めば、症状はほとんど気にならなかったのに。

だけどミミのことは大事にしないといけない。ミミは、彼の飼い猫だったから。

トイレトレーとおやつ、おからの猫砂、あとはキャリーバッグにクッションを敷いて持ってきたが、本当にこれだけで世話ができるのかは自信がない。たとえば猫用の食器を用意するのを忘れていたので、代わりに自分が普段使う食器に水をためてある。陶器の赤いシチューボウル。彼にビーフシチューを作ったときも、これを使った。

物音がしたので振り返ると、窓際でミミが餌《えさ》を食べていた。水はあまりたくさん入れておくとこぼしそうなのでこまめに追加しているけれど、ご飯はいつでも自由に食べられるようにしてある。あとでおやつをあげないと。

ミミが来てバタバタしていたので自分の分の夜ご飯を作るのを忘れていたが、食欲がないので野菜ジュースだけで済ませてしまうことにした。

食後、シャワーを浴びて部屋に戻ると、ミミの姿がなかった。

「ミミ？　……クシュン！」

ティッシュを一枚取り出して必死に鼻を擤《か》んでいると、ミミが出てきた。連れてきたときのキャリーバッグに入っていたらしい。もう寝る様子だったので、私も早めにベッドに入った。

翌朝、まどろみの中で、がり、という音を聞いた。耳元で響くその音がだんだんクリアになり、現実の音だとわかって目が覚める。

「おはよう」

鼻をかきながら、ベッドの左側の壁に傷がついているのを見つける。

「賃貸なんだけど……。まあいいや」

それから、トイレを間違えられて床がびしょびしょになったり、甘えてきたと思って撫《な》でたら引《ひ》っ掻《か》かれたり、無限に増える抜け毛をコロコロで掃除したりしながら、ミミと一緒に過ごすはじめての週末が終わった。

月曜日、いつも通り出勤して自分のデスクに荷物を整理し、パソコンの電源を入れる。ミミは置いてきたが、キッチンに繋《つな》がるドアとクローゼットのドアは閉めたので、部屋にあるのはベッドとガラスのローテーブルだけだ。餌も水も多めに置いておいたし、危険なことはないだろう。

「おはようございまーす」

誰に向けるでもない挨拶《あいさつ》を口にしながら、正面に座る三村さんと目を合わせて笑顔で会釈する。土曜に婚活サイトで知り合った人との約束があると金曜日に言っていたから、今日のランチの話題はそれだろう。デスクの島を見渡す。課長の席は空いているものの、他《ほか》の人はもう揃《そろ》っていた。

今日中にと頼まれたデータ入力を淡々とこなし、時々来る電話を取り次ぎながら、ミミのことばかり考えていた。

十二時になり、三村さんと一緒に食堂に向かう。ランチの話題は予想通り婚活サイトの彼のことで、会って早々に情報商材を勧められたらしく心から同情した。

「今の稼ぎで満足してますかって、初対面で言うことじゃないっての」

「やばいですね」

「顔はタイプだったのがなんか悔《くや》しいんだよね。全部完璧《かんぺき》な人なんていないってわかってるけどさ」

「勧誘はアウトですよねー」

適当に相づちを打ち、その場をやり過ごそうとしていると、

「今日来てないね、課長」

と三村さんの緩《ゆる》んだ口元が動いた。

「神林さん、顔もいいし優しいし優良物件なんだけどなぁ。いい男ってみんな既婚者」

「風邪ですかねー」

「単身赴任でも、奥さんが看病に来るのかなぁ。でも相手も総合職なんだって。忙しそー」

三村さんの唇《くちびる》の横にはチャーハンにかかっていた海苔《のり》がついていた。指摘しようと思ったところで、三村さんが雑に口元をペーパーナプキンで拭《ふ》いたので、黒い点はきれいに消えた。

午後もミミのことを考えると仕事に身が入らず、定時でそそくさと帰ることにした。

家に帰り、くつろぐミミを眺《なが》めているとインターホンが鳴った。一昨日頼んだスーツケースが届いたのだろう。

「重いし大きいですから中に入れましょうか?」

配達員に聞かれて大丈夫ですと断り、離しますよと言われて受け取った段ボール箱は確かに重かった。廊下で箱を開け、注文通りのものが来ているのを確認した。

部屋に戻ると待っていたミミが心細そうに鳴いた。飼い始めて数日だが、鳴き声の区別が少しはできるようになったみたいだ。

「お食事、見つかっちゃうところだったね」

ミミに話しかけると、ミャア、と甘えるような鳴き声が聞こえる。

窓際に横たわる神林課長は、私たちの声には反応しない。

＊

去年から単身赴任でうちの支店に来て課長に就任した神林さんは、奥さんが世話をできないからと猫を一緒に連れてきていた。

書類を渡すときなど、課長に近づくと時々くしゃみが出たので不思議に思っていたら、猫を飼っているからかもしれないと言われたのだ。

――僕へのアレルギーじゃなくて、猫だと思うから安心してね。

彼の笑顔を思い出す。

それをきっかけに親しみを感じるようになり、仕事のことなどを相談していくうちに、妻と離婚したいと思っていると打ち明けられ、お互いの家で会う関係になった。彼と二人で会うときはいつもアレルギーの薬を飲んでいたので、薬の残量が減っているのを見ると、自分の体内に彼との時間が取り込まれているのを実感できて愛おしかった。三つある薬の空箱は、今でもタンスにしまってある。

彼は年末年始やゴールデンウイークは必ず奥さんのところに帰っていた。離婚の条件について話し合っていると言っていたけれど、関係が始まって一年たっても、話が進んでいる気配がなかった。

先週の金曜日、彼がうちに来たときに本当に離婚する気があるのかと問いただしたら、別れようと唐突に言われた。帰ろうとする彼の腕を思わずつかんで引き留めると、クッションに足を滑《すべ》らせた彼は、ガラスのローテーブルに頭を強く打って、しばらく苦しんだのちに死んでしまった。

どうしよう。ベッドで一人うずくまりながら悩んでいると、孤独死した飼い主を猫が食べてしまったというニュースを見たことがあったと思い出した。彼の死体の処理をミミに手伝わせたらいい。最終的には私が処理することになるだろうが、完全な状態の人間の体を切るよりも、すでに何箇所か食べられている人間の体を切る方が、料理みたいで抵抗感が少ないはずだ。思いついた時点で終電がなくなっていたので、彼の体を引きずって窓際に移動させてから、始発に乗るために少し眠った。

翌朝は四時半に起き出発し、彼のスーツのポケットから取り出した鍵《かぎ》で彼の部屋に勝手にあがってミミを連れ出した。何度か招いてもらったことがあったので、ミミのものがどこにあるのかも大体わかっている。

帰りの電車に揺られながらスマホでスーツケースを注文しつつ、ミミが驚かないようにキャリーバッグの蓋《ふた》をそっとあけてときどき様子を見てあげた。

うちに連れてきたミミは最初、彼の体を見つけてニャアと可愛《かわい》らしく鳴き、返事がないのを見て黙り込んだ。しばらくして餌を寄越せと私を引っ掻いたので、私はミミが彼の体を食べるまで、おやつを与えないことに決めた。ミミは彼の周りをしばらく彷徨《さまよ》ってから冷たい顔をつん、と口でつつき、それから彼の頬《ほお》の部分を食べ始めた。

食事代わりに彼を食べる度に、持ってきたおやつをあげた。死体はだんだん悪臭を発し始めているので、ミミはじきに食べなくなるかもしれない。そうなったら肉切り包丁で捌《さば》いて、彼がほとんど骨だけになったら、それを袋に入れてさっき届いたスーツケースで海まで運び、自分の体に括《くく》り付《つ》けて身を投げようと思う。

骨くらいは、奥さんに取られてしまわないように。

神の両側で猫を飼う

似鳥 鶏

黒猫を飼い始めた。

本当はもう、動物を飼うつもりはなかった。八十を超え、体も動かなくなってきている。白黒猫の「ソックス」が眠りについた時点で、保護猫を引き取るのはこれで最後にしようと決めていたのだ。

だが事情が変わった。道で拾ったこの黒猫は右の前足と左目がなく、背中にも大きな傷を負い、弱って死ぬ寸前だった。見過ごすことはできず、毛布でくるんで抱き上げた。黒猫は抵抗しなかった。

「大丈夫だよ」腕の中の黒猫に囁《ささや》く。「もう大丈夫だ。護《まも》ってやる。もう何も、怖いことはないからな」

※

「命中しました！　敵、形象崩壊を開始」

舞い散る火の粉と吹き荒れる火事場風の中で、ガド中隊長はようやくその報告を聞いた。終わる。ついに倒せる。いや、まだだ。

「油断するな。ここから形態変化するやつもいるぞ！　第二、第三小隊、路地の反対側を封鎖！　攻撃は継続。一秒でも早く完全に消滅させろ！」

大声で指示を飛ばしながら、自身も杖《つえ》を構えて戦闘地点に走る。路地の建物は戦闘の余波で大部分が倒壊し、街はだいぶ見通しがよくなってしまっている。壮麗な王立図書館も議会棟もすでに崩壊。王都はもう駄目だろう。下手をすれば王国全体が。

だが、追い詰めた。倒せる。ついに。人類の独立まで、あと少しだ。

後に「神滅《しんめつ》戦争」と呼ばれるこの戦いは、北方《ほっぽう》大陸南岸、王都メルクスにて最終局面を迎えていた。「世界を平らにする」終焉《しゅうえん》神アルタルカと、地上のほぼ全国家が参加した人類連合軍。人類はもうすぐ、神を超える。

人類の運命はこれまですべて、神の気まぐれにより決められてきた。

これまで短い時は九十年、長い時は二百五十年の周期で、世界には終焉神アルタルカが降臨した。アルタルカは出現するたび、二つある姿のどちらかをとった。善神アルタルカ＝ラティスと、悪神アルタルカ＝ゼルス。善神は地上に平和と幸福をもたらした。豊漁と豊作が約束され、疫病《えきびょう》は収まり、生じた余暇が技術と文化を発展させた。一方、悪神は街を焼き、地震を起こし、川の水を毒に変え、たくさんの人間を死に追いやったが、それにより既存の体制が破壊されることで、結果として人類は前に進んだ。人類はそのことに気付き、善神と悪神が同一の存在であることを知った。方法は違えど、世界を進める神なのだ。

だが次のアルタルカがいつ、どこに現れるのかは誰も予測ができなかったし、次に現れるのが善悪どちらなのかも分からなかった。数千年にわたる人類の歴史は「次に現れるのが善神であるように」という祈りの歴史であるともいえた。

だが現在、魔導技術の発達による軍事力の進歩は地形を変えるレベルにまで至っている。そこで人類は「次に現れるのが悪神であった場合、自らの手でこれを倒す」計画をはじめた。もう祈るだけではない。人類の未来は人類が決める。幾多の反対運動と対立と資金難その他を経《へ》て、人類連合軍が組織された。

そしてとうとう先月、アルタルカが降臨した。悪神ゼルスの姿だった。王国会議にて討伐が決定され、魔導部隊が攻撃を始めた。

戦いは苛烈《かれつ》を極めた。アルタルカは高速移動するため、戦闘は場所を変えながら数十日間続き、すでに三つの大陸と二十六の国家が災害級の被害を受けている。だが負け戦ではなかった。明らかにいつもより被害が少なかったし、前線からは「悪神の力が弱まり始めている」という報告があがっていた。悪神の体は傷つき崩壊し、今や野生の大竜と同程度にまで小さくなっている。ガドは路地を走った。あそこを曲がった先に奴《やつ》がいる。人類の歴史に残るとどめの一撃だ。誰がやってもよいが、できるなら自分の手で成し遂げたい。

だが、角を曲がった先に神はいなかった。

「おい、どこだ？」

問われた部下は瓦礫《がれき》の下を指さした。「完全に形象崩壊したのを確認しました。ですが最後の一瞬、肉体から何かが飛び出て、あそこに吸い込まれるように」

「何してる。じゃあ瓦礫をどけろ！」

だが、瓦礫の下からよたよたと出てきたのは、傷ついた黒猫一匹だった。右の前足と左目が失われ、背中に大きな傷がある。戦闘の余波を受けたのだろう。

「中隊長、この猫は……」

ガドは黙って杖を向けた。「魔力を感じるだろう。猫じゃない」

だが、撃てなかった。アルタルカはこの黒猫に乗り移ったのだ。だとすると、研究班が報告していたあの仮説が正しかったということになる。

アルタルカは死なない。

数年、あるいは数十年をかけて世界に恵みを、または破壊をもたらした後、アルタルカがどこに行くのかに関しては世界中で研究が進められていた。その結果出てきた仮説の一つが、アルタルカの肉体はどれも仮のもので、世界の変革を終えたアルタルカは魂だけになり、他《ほか》の動物の肉体を借りて休眠状態に入っているのではないか、というものだ。そして休眠状態が終わると、新たな「神」の肉体を創造し、再び降臨する。善神または悪神として。再臨するまでの期間はそれまでの活動期間に比例して延びるが、再臨した時に善神なのか悪神なのかを決定する要素は未だ不明――。

攻撃魔法の準備をしていた部下を止めた。反射的に理解していた。今、この黒猫を攻撃するのは危険だ。

魔力はあれど肉体は猫のものだ。反撃はないだろう。だが研究班の仮説が正しいとなると、この猫を殺しても、アルタルカは別の動物に乗り移るだけだ。その際、遠くに飛ばれたら捕捉《ほそく》ができなくなってしまう。そして。ガドは杖を握りしめた。

アルタルカの再臨までの期間はそれまでの活動期間に比例する。これまでは短くても数年間は世界のどこかで活動していたから、休眠期間も九十年以上あった。だが今回は、たったの数十日だ。だとすれば。

「中隊長」

「全員、攻撃やめ！」

ざわつく隊員たちにガドは早口で説明した。この黒猫にアルタルカが乗り移っている。アルタルカは現在、休眠状態だ。攻撃すれば逃げられ、後に完全な姿で再臨するだろう。おそらくは、たったの数年後に。それが善神であればいい。だが悪神であった場合――。

隊員たちは沈黙した。つまり今、アルタルカを倒す方法はない。絶望している筈《はず》だったが、皆、黒猫を逃がさないよう警戒し、ある者は結界を張る用意をしている。優秀だ。もうこれ以上、一人も死なせたくない。ならば。

「送還魔法用意。異世界に飛ばす。質量的には猫一匹だ。可能なはずだ」

「しかし無許可で、しかも……」

こんなものを飛ばして、飛ばされた先の世界はどうなるのか。そう言いかけたであろう部下にガドは命じた。「やれ。それしかない。私が全責任を負う」

殺せない以上、それしかなかった。目の前の黒猫はすでに瀕死《ひんし》だ。死なれれば逃がしてしまう。一刻の猶予もない。

「発動は私がやる。魔力充塡《じゅうてん》」

ガドと隊員たちの杖が輝く。

後に、ガド中隊長は英雄となる。研究班の仮説は正しく、アルタルカの脅威をこの世界から除くには送還魔法の応用で、異世界に飛ばしてしまうしか手がなかったのだ。

だが、彼自身の気分は晴れなかった。世界を容易《たやす》く滅ぼす終焉神アルタルカを、他の世界に押しつけてしまった。人類がいないような世界なら、まだいいのだが……。

そしてガドの下に、研究班から最後の報告が入った。アルタルカが善神となるか悪神となるかを決定する要因。

それは休眠中の経験にあった。アルタルカは休眠中に善意を多く受ければ善神に、悪意に多く晒《さら》されれば悪神に変化する。

だが、あの黒猫はすでに瀕死で、殺気立った隊員たちに包囲されていた。送還までの短時間で、すでに相当量の悪意に晒されていたのではないか。だとすれば、もう。

ガドは瞑目《めいもく》し、考えるのをやめた。私は自分の仕事をしただけだ。たとえ他の世界がどうなっても、この世界だけは護らなければならなかった。せめてあの黒猫が次の世界で、悪意より善意に多く触れますように。

そう祈ることしかできなかった。

※

黒猫を飼い始めた。

当初、大怪我《けが》をしていた黒猫はなんとか回復し、今はよく懐《なつ》いている。動物と暮らすのはこれが最後だ。「エンド」と名付けた。

腕の中で眠る黒猫に無言で誓う。愛を。この子に愛を注ごう。弱いこの子が飢えたり脅かされたりすることのないよう、ありったけの愛を注ごう。それを自分の人生の、最後の仕事としよう。

腕の中の黒猫に囁く。どうか、お前が幸せであるように。

黒猫の暗号

周木 律

黒猫を飼い始めた。

——というダイイングメッセージがあったなら、あなたはどんな推理をしますか。

えっ、そんな話をバーで二、三回話したことがある程度の人間とするものじゃないと。そうですかね、確かに私たちはまだお互いの名前すら名乗ってはいない間柄《あいだがら》です。それでも、すでに世間話やお互いの趣味や人となりの話くらいはしているじゃないですか。

それに、私には何となくわかるんですよ。あなたはこんな薄暗いバーで、もう初夏だというのに、暗がりに溶け込むような濃い色の背広を着込み、お酒も飲まずにノンアルコールビールなどを嗜《たしな》んでいるような方だ。さっき私が勧めたつまみのレーズンも、わざわざ一粒ずつ、まるで針に糸を通すかのような慎重さで爪楊枝《つまようじ》に刺し、口に運んでいらっしゃる。かくも風変わりなあなたが、凡人が親しむような話を求めているわけがないのです。

まあ、名も知らぬ相手だからこそできる話もあるというものです。そもそもあなた、さっき一瞬身を乗り出したでしょう。ええ、大丈夫。今さら隠さなくてもいい。だって、私にはわかっているんですから。あなたがこういう話に目がないということがね。

——というわけで、早速推理といきましょう……と言いたいところですが、さすがに手掛かりが少なすぎます。いくつかその場の状況を補足しておきましょうか。

ダイイングメッセージというくらいですから、殺された人間がいます。仮にこの男をAさんとしましょう。Aさんは高利貸を営む金融業者でしたが、ある朝、自分の会社の事務所で、大きなガラスの灰皿で頭を殴られ殺されているのが発見された。死因は外傷性脳出血、即死に近い状態でした。ただAさんは死に際、自分の血で床にメッセージを書き残していたのです。それが「くろねこをかいはじめた」という十一文字だった。なお事務所はセキュリティが甘く、普段から鍵《かぎ》もかかっていない上に、監視カメラもなかった。鈍器の灰皿も拭《ぬぐ》われていて指紋は残っていない。つまり物的証拠がほとんどなかった……とまあ、これが事件の詳細です。ちなみにAさん、交友関係が広い一方で、かなりあくどい商売をしていたらしく、ずいぶんと人の恨みを買っていたようで、捜査線上に容疑者が山ほど現れて収拾がつかなかったそうです。そんなこんなで、結果、捜査する側の手掛かりはダイイングメッセージしかないというわけ。さて、あなたの推理やいかに？

——まず、メッセージは何かの比喩《ひゆ》になっているのではないかとおっしゃる。

いい発想ですね。例えば「猫」を「ジャガー」、「飼う」を「乗る」と読み替えて、最近高級車の黒いジャガーに乗り始めた人間が犯人だと示唆《しさ》していると。なるほど、発想としては嫌いじゃありません。当の犯人にメッセージを見られた場合のことを考えて工夫もされていますしね。しかし、残念ながらこれで犯人を特定するのは困難です。なぜならば、「猫」が何を意味するのか、「飼う」が何を意味するのか、解釈の幅が広くなりすぎるからです。相当上手な比喩でない限り、犯人が誰かを特定する決め手とはなりません。他《ほか》になにかアイデアはありませんか。

——ふうむ、ほかの言語に翻訳したらどうかと。

これまた面白い。他の言語に訳せば新たな意味が見出《みいだ》せるのではないか、ということですね。では試しにやってみましょう。英訳すれば、「I started to keep a black cat.」でしょうか。中国語ならば「我開始養一隻黒貓」。うーん……どちらも何か新しい意味が生まれているようには見えない。そもそも何語に翻訳すべきかがまず問題ですね。着眼点はいいようですが、残念ながらこれも肩透かしであったようです。

——えっ、アナグラムになっているのではないか、ですって?

なるほど、メッセージをアナグラムで読むことで本当の意味がわかるようになっているのですね。よろしい、試してみましょう。「くろねこをかいはじめた」の文字を入れ替える、または何らかの操作を行うことで、別の意味のある文章にできるでしょうか? ローマ字にして「KURONEKO WO KAIHAJIMETA」でもいいのですが……ううむ、厳しい。少なくとも私にはさっぱりアナグラムが組めません。組めたとしても、こじつけになってしまいそうですよ。

ううむ、どうやらあなたは物事を難しく考えるタイプのようです。私が思うに、この問題はもっと単純に考えればいいもののような気がします。よりあっさりと導き出せる答えがある、そんなふうに思えてならないのですが。

——え、後から犯人が文字を付け足した可能性、ですか。

ふうむ、書かれた血文字を逆に利用しようというわけですね。例えば犯人が「小井田」氏だとしましょう。Ａさんはメッセージとして縦に「こ」「い」「た」と書いて残した。犯人は、これを胡麻化《ごまか》すために文字を付け足すわけです。「くろね『こ』を」「か『い』」「はじめ『た』」とね。なかなかクレバーなやり方です。しかし、率直に言えば、捜査する側も馬鹿《ばか》ではないのです。きっと、いつか縦に並ぶ文字列に気づくでしょう。隠蔽《いんぺい》工作として、あまり得策ではないように感じます。

——ははは、もういっそ、メッセージはＡさんが残したものではなく、捜査を混乱させるために犯人が残した意味のないものなのではないか、と言いますか。

少々投げやりですが、ここまで明確な推理が出ないのであれば、むしろ余計な推理をさせることそのものが目的ではないのかと考えるのも当然です。ええ、十分にあり得ますとも。実際、捜査員はこうした余計なメッセージを見てしまうことが多く、実際に解読にも少なからず手間を取られますからね。ただ、言わせていただくならば、攪乱するならもっといいメッセージの残し方があるのではないでしょうか。例えば、犯人とは違う名前を書いてしまう。そのほうが効果的だとは思いませんか。また、これは先ほどのこととも関連しますが、そもそも犯人が書き加えることは、Ａさんの書いたものと異なる文字という手がかりを残すこととなり、問題があるように思いますね……。

ああ、そんなに怒らないで。お気持ちはわかります。あなたが一生懸命考えたアイデアに私がいちいちケチをつけているようで、面白くないのでしょう。それは本当に申し訳のないことをした。しかし、どうか落ち着いて。だって、むしろあなたと話をしている私が、言いようもないもどかしさを覚えているのですから。

だって——私はずっと、不思議でたまらないのです。

もし私があなただったら……つまりこうした質問を投げかけられている立場であれば、当然いの一番に出てくるべき推理が、どうしたわけか、まだ返ってこないのですから。

つまりね、まず触れられるべき答えが、まだ出てきていないのですよ。

わかりますか？　その答えが。

——そう。犯人は「黒猫を飼い始めた」人間なのではないか。

まさしくそのままです。Aさんは殺されるときに犯人を見ていた。その犯人が最近黒猫を飼い始めたことを知っていた。だからダイイングメッセージに残したんです。「くろねこをかいはじめた」とね。

もしAさんが犯人の名前を知っていれば、そちらを書いたでしょう。けれどAさんは残念ながら犯人の名前を知らなかった。お互いの趣味や人となりを知る程度には顔見知りだが、実は名前を知らない。そんな間柄の人間がいても別におかしくはありません。あなたと私のようにね。当然、その人間から激しく恨まれていたこともあり得るでしょう。交友関係が広く、不特定多数の人間に高利貸をしていたAさんならば、十分に考えられることではありませんか。

かくして答えは出ました。ダイイングメッセージが示す犯人、それは最近黒猫を飼い始めた人間だった、というわけ。

ただね……不思議なことがひとつ、あるのですよね。

それは、あなたからこのシンプルな答えが、まったく出てこなかったことです。

一体どうしたことでしょうね。もしかすると、例え話として出した事件の内容がいけなかったでしょうか。仮定ではなく、事実を述べるべきだったかもしれませんね。つまり、Aさんは、本当は妙齢の女性で、殺害方法は刺殺だった。バーで知り合った多くの名も知らぬ男性に言葉巧《たく》みに財産を貢がせ、結果としてずいぶんと恨みを買っていた、という事実を。

——どうしました？　顔色が悪いですよ。色といえば、あなたは随分と濃い色の背広を着てらっしゃいますね。きっと、衣服につく毛もあまり目立たずに済むことでしょうね。特に、この生《は》え変《か》わり時期の、黒猫の冬毛なんかは。

猫といえば、禁忌があるそうですね。酒のつまみになるようなレーズンは猫にとって毒ですし、そもそもアルコール自体が有害です。レーズンが服のどこかにまぎれこんで、猫が誤食しないよう細心の注意を払うのも、飼い主の義務と言っていいでしょうね。

はい、話を戻しましょう。ダイイングメッセージが理由があって残されたように、物事には必ず理由があるものです。あなたがそうした衣服を着るのも、特定の飲食物に触れるのを避けるのにも、深い理由があるのでしょう。あるいは、あなたがこの真っ先に思いついて然《しか》るべき答えを、無意識のうちに避けたことにもね。
ええ、大丈夫。今さら隠さなくてもいい。だって、私にはわかっているんですから。

スフィンクスの謎《なぞ》かけ

犬飼ねこそぎ

黒猫を飼い始めた。

というより、飼うことになった。親友兼名探偵・荒坂木蓮《あらさかもくれん》たっての頼みだったからである。

「悪かったね、急な頼みで」

引き渡しのため、ペット用のキャリーバッグに入れた猫を連れて私のマンションを訪れた荒坂は頭をかいた。まだまだ残暑の厳しい九月中旬だというのに、いつものように葬式帰りのごとき黒スーツ姿である。

「構わないよ、いつも世話になっているし」

私はキャリーバッグの戸を開けて、猫を好きにさせながら言った。小説家の私は、荒坂の手がけた事件を創作のネタにしているのだ。

「いや、本当に助かった。子猫ならともかく、成猫となるとなかなか貰《もら》い手《て》も見つからないものだからね、だいぶ難儀していたんだ」

荒坂は麦茶をがぶがぶ飲みながら言った。彼の目も猫を追っている。彼曰《いわ》くペルシャ猫だという長毛の黒猫は、ふんふんと鼻を鳴らしながら新天地を探検している。

「そういえば、名前はあるのかい」

「うん、前の飼い主はミーちゃんと呼んでいた」

「よくある名前だな。庶民的だ」

「しかし、案外壮大な由来があるのかもしれないよ。高名な画家先生の愛猫だったんだから」

「へえ」

そう言われてみると、途端に高貴な猫に思えてくるのだから、私も根っからの庶民と言えよう。

「でも、どうしてそんな猫が君のところに？」

「うん、隠すようなことでもないから言ってしまうと、この子はつい先日手がけた事件の関係者……もとい、関係猫でね。無事解決はしたんだが、飼い主が亡くなって引き取り手に困っていたんだ。知らんぷりというのもばつが悪いし、祟《たた》られそうだし」

荒坂はふざけた様子もなく言った。妙なところで迷信深い男である。

それはさておき、私はその事件とやらに大変興味を引かれた。

「どんな事件だい。殺人のようだが、何か壮大なトリックでも使われたのか」

「いや、きみの小説のネタにもならないような話さ。僕が直接解決したわけでもなくて、ちょっと警察のお手伝いをしたくらいのものだからね。……が、しかし」

「しかし？」

「語り方によっては、話の種、というか頭の運動くらいにはなるかもしれないな。せっかくだから話してあげよう」

「長くなるのか？」

「すぐ終わる。容疑者が三人出てくるから、誰が犯人か当ててごらん。さしずめスフィンクスの謎かけといったところだ」

　そう言って彼は語り始めた。

＊　＊

　殺されたのは白川雪渓《しらかわせっけい》という日本画家だ。きみも知ってるかな。知らない？　不勉強だね。現代の雪舟とまで言われた大家だよ。御年八十になるが未婚で、近い関係の身内はいなかった。だから自宅には、白川先生以外にこの猫、ミーちゃんが住んでいるだけだった。

　事件があったのは七月上旬のことだ。その日の午前中、ミーちゃんは通いのお手伝いさんに連れられて動物病院に行っていた。この夏の暑さのせいで、体調を崩してしまったらしい。今はもうすっかり元気になったがね。

　処置が終わり、病院から帰ってきたのが午後一時。この時点では白川先生は生きていた。彼も彼で散歩から帰ってきたところだったそうだが、ミーちゃんを大層心配していたらしいよ。

それからお手伝いさんはまた別用で外に出た。このときの外出は一時半から四時まで。凶行があったのはこの間だ。彼女が戻ってきたとき、白川先生は物言わぬ骸《むくろ》となっていた。自宅の庭に作られた二十平米ほどのアトリエで撲殺されていたんだ。凶器は軒先に置かれていた金槌《かなづち》だった。日曜大工《だいく》で使うために、ほかの工具と一緒に出しっぱなしにしていたということだから、犯人が現場付近で凶器になるものを探したとき、目に付いたんだろうね。

すぐに警察が呼ばれ、捜査が始まった。怪我《けが》の位置や遺体の倒れていた場所によって、被害者はアトリエの扉を内側から開けたところを、正面から殴打されたらしいということが判明した。それと、即死ではなく、殴打後数分は息があったこともわかった。また、先生が倒れた時に落ちたのか、現場には画材が散乱していた。

一方、警察を呼んだ後、お手伝いさんはミーちゃんの姿が見えないことに気がついた。この猫は病院帰りということもあって、お医者さんから当分外で遊ばせないように注意されていたんだね。だからいつもの寝床であった、先生のアトリエに隔離されていたはずだったんだが、アトリエの扉は開け放たれていた。だからミーちゃんがそこを通って出て行ったのはほぼ確実に思われた。

だが警察はミーちゃんの失踪《しっそう》について取り合ってくれない。殺人の捜査中に猫探しをするわけにはいかないからね。そこでお手伝いさんは、ならば探偵をと僕を呼んだ。彼女とはちょっとした縁があってね、僕は二つ返事で依頼を受けた。

それからほどなくしてミーちゃんは見つけられたんだが、一目見て僕はびっくりしたね。なにせ、見つけたミーちゃんの胴体にはでかでかと「ヒト」の二文字が書かれていたんだから。

ああ、今はもう消えているから安心してほしい。

「ヒト」が単なる落書きではないことはすぐ明らかになった。検出された成分が白川先生が絵を描くのに使っていた画材と一致したんだ。おまけに、ごく少量ではあるが、先生の血も体に付着していた。

要するに、この「ヒト」は白川先生のダイイングメッセージだったんだね。犯人に殴られて息も絶え絶えになった彼は、どうにか犯人の正体を書き残そうとした。しかし床や紙に書いたんじゃ、もし犯人が戻ってきたら消されてしまう。ではどうすればいいか。考えているときに、現場にいたミーちゃんを見て、先生は閃《ひらめ》いた。この猫の体にメッセージを残し、外へ逃がせばいいとね。そうすれば、犯人の目に付かないところに言葉を残せるし、いち早く誰かにメッセージが届く可能性も高い。こうして世にも奇妙なヒトネコが誕生したんだ。

ダイイングメッセージがそれじゃ、容疑者が八十億人もいるだろうって？　いやいや、メッセージの意味は「人」じゃないんだ。それなら漢字で書いた方が早いだろう。

先生の関係者を調べるうち、事件に関与している可能性のある人間が三人見つかった。

一人目はイベント企画会社の社員、肥東三郎《ひとうさぶろう》。

二人目は昔なじみの友人、延山均《のべやまひとし》。

三人目は隣家の住人、松田瞳《まつだひとみ》。ね、みんな名前に「ヒト」が入っているだろう。先生は三人のうちの誰かの名前を書こうとして、途中で力尽きた、ということで僕と警察の意見は一致した。この頃には猫の発見で捜査に進展をもたらした僕は、警察の協力者として捜査に参加できていたんだね。

そういうわけで僕たちはこの三人を呼び出し、事件当日のことや被害者のことを聞いた。そのときの証言が以下の通りだ。

肥東「先生が亡くなったなんて、今でも信じられません。確かに先生の家には、うちで企画していた個展のことで何度か足を運びましたし、事件当日も二時前に訪ねていきましたが、普通にお話ししただけで殺してなんていません。猫は見たか？　ああ、あのふかふかの黒猫ちゃんでしたら、いつも通りアトリエ内の寝床で寝ていましたよ」

延山「事件の日は朝から一人で釣りに行っとった。前の日に白川も誘ったんだが、猫の具合が悪いとかで断られてな。今になって考えりゃ、無理に連れ出しておきゃ死なずに済んだのかもな。ミーちゃんも飼い主をなくしてかわいそうに。俺が飼ってやれりゃいいんだが、あいにく猫アレルギーでな。正直言うと、あのもさもさした毛を見るだけで鼻がむずむずするんだ」

松田「確かに事件のあった日には白川さんのお宅に伺いました。あの人の猫には、何度かうちの敷地《しきち》で悪さをされていたんです。あの日も庭にいたら猫の鳴き声がして、黒猫が生垣から顔を出してるのを見たんです。追い払った後で文句を言いに行ったけど、チャイムを鳴らしても返事がありませんでしたから、諦《あきら》めて帰りました。三時半ごろのことです。アトリエに行ったか？　いえ、そちらへは行きませんでした。猫の体に何か書いてなかったか？　いいえ、頭しか見えませんでしたから、わかりません」

僕はこれらの証言を聞いてぴんときた。一人、明らかに嘘《うそ》をついている人間がいる、こいつが怪しい、とね。そこで警察の皆さんにも説明して、重点的に捜査をしてもらったんだ。ほどなくしてそいつは捕まったよ。


さて、それじゃ質問だ。

三人の中で、嘘を言っているのは誰かな？

＊　＊

私は少し考えた。そして答えた。

「降参だ」

「仕方ないな」ため息をつく荒坂。「白川先生が描いていたのはどんな絵だったか、言ってごらん」

「日本画だろう」

「そう、そして彼は雪舟の再来と呼ばれていた。雪舟の絵といえば？」

「水墨画……ま、待て、おかしいぞ!」

私は驚いて声を上げた。

「どうして墨で黒猫に字が書けるんだ!」

「その通り」ぱちぱちと拍手する荒坂。「まさしくそれが謎だ。なぜ被害者は、黒い猫に黒い墨でダイイング・メッセージを残したか。いや、その気になれば書くこと自体はできただろう。だが、その場合ミーちゃんを発見した僕がすぐに気づくはずもないし、白川先生だってほかの手段を探しただろう。見落とされる可能性のほうが高いんだから。にもかかわらず、先生はミーちゃんにメッセージを託したし、僕もそれに気が付いた」

「一体どうして……」

「話を頭から思い出してみたまえ。お手伝いさんとミーちゃんが午前中に出かけていたのは?」

「動物病院」

「それはなぜ」

「夏バテの診察のため」

「ちゃんと憶《おぼ》えてるじゃないか。それじゃあと一息だ。夏バテの処置といえば」

「そりゃ冷やすことだろう。まあ、この長毛だと中々難しいだろうが。毛が……」私は膝《ひざ》を叩《たた》いた。「毛刈りか!」

「その通り。ミーちゃんは夏バテ対策のため、肌が見えるほどごく短く毛刈りをされていたんだね。だから白川先生は、ピンクの肌の上に黒で文字を残せたんだね」

「ミーちゃんはとんだ災難だな、肌の上に字を書かれるなんて」

「まあ先生も必死だったのさ。さて、それじゃ最後の問題だ。これまでの話を踏まえて、三人の中で嘘をついているのは？」

「さすがにもうわかったぞ」私は言う。「ミーちゃんは治療のために毛刈りをされていた。つまり、病院から帰ってきた時点で短毛になっていたはずだ。にもかかわらずミーちゃんがその日の午後、『ふかふか』だったと言っているのはどう考えてもおかしい。犯人は肥東だ！」

「ご名答。彼は見てもいないミーちゃんを見たと言っていたんだ。警察がそこを追及したら、最後には自白したよ」

「だがわからないな。彼はどうしてそんな嘘をつく必要があったんだ。猫なんて見なかったと言ってしまえばよかったのに」

「ああ、そこには彼なりの事情があったんだ。供述によると、実は彼は午前中にも先生の家を訪ねていたらしい。そのとき白川先生は散歩に出ていたんだが、肥東は無断でアトリエに入ってしまったんだ。先生はミーちゃんのことが気になって鍵《かぎ》をかけ忘れており、肥東のほうも何度も入れてもらったことがあるから構わないと思ったんだね。ところが午後になって電話でそのことを話すと先生は激怒し、進めていた展覧会の話も取り消すと断言した。慌てて謝ったが聞き入れてもらえない。このままでは仕事に関《かか》わる。そこで、いっそ先生を殺してしまえば、と思ったのさ」

「だから午後になって再度家を訪ねて、アトリエから顔を出したところを殴り倒したというわけか……」

「そういうことだ。だが、現場から逃げた後で、午前中にアトリエを訪ねた際の痕跡《こんせき》が残っている可能性があると気が付いた。指紋とか毛髪とかね。そこでやむを得ず、午後にアトリエへ入って先生と話をしたと嘘をついたんだ。午前中いなかったミーちゃんが戻っていることは、鳴き声で気付いてたから、見ていないと言うわけにはいかなかった。だが犯行時に姿を確認していなかったのが運の尽きだったわけだ」

「なるほどなあ」

部屋の隅《すみ》でクッションにじゃれていたミーちゃんが、にゃあと鳴いた。

「しかしこの事件のどこがスフィンクスの謎かけなんだ？　僕はてっきりあの、朝は四本足……ってやつが関わってくるのかと」

「きみのスマホでこう検索してみたまえ。『スフィンクス　猫』と」

私は言われたとおりに検索してみる。出てきたサイトを順に見ていき、「なるほど」と呟《つぶや》いた。

飽くまで

青崎有吾

黒猫を飼い始めた。

二ヵ月で人にやってしまった。

古レコードを集め始めた。

十五枚目で飽きてしまい、まとめて捨てた。

次は飛行機のプラモを作ろうと思っているが、それとて長続きはしまい。飽きっぽい性格とよく言われるが、私のこれは性格ではなくもはや病気であり、治療は不可能だと自負している。何かを始めたその日から、辞める日のことを考えている。何かを買ったその瞬間から、捨てるときが待ち遠しくてたまらない。どんなに苦労して手に入れたものでも、そうなのだ。いやむしろ苦労して手に入れたからこそ、「飽き」への誘惑が美女の肌のごとく妖《あや》しく輝き、私はそれに抗《あらが》えないのだ。飽きることを楽しむために次から次へ趣味を変えている、そんな気さえしてくる。

飽きること、辞めること、手放すことそれ自体が好きなわけでは決してない。友人の手に黒猫を渡しながら、焼却場へ運ばれるレコードを見送りながら、私は喪失感に呆然《ぼうぜん》とし、もう返らない時間を想《おも》い、涙すら浮かべる。心にぽっかりと穴をあけたまま一日すごし、ソファーに座って天井を見上げ、「あーあ」とつぶやいてみたりする。しかし別の見方をすれば所有とは一種の束縛である。そこからの解放。心にあいた穴という名のゆとり。「あーあ」の中に潜在する、さあ、これから何をしよう、なんでもできるぞ――というごくごく微妙な、しかし確かな、一握の希望。私はその味が、好きで好きで好きでたまらないのだった。

それは君、ミニマリスト的思想だね。同僚にそう言われたことがある。私は鼻で笑ってしまった。ちゃんちゃらおかしい話だった。ミニマリストと呼ばれる人々は身の周りのものを一度捨てて、それきりだ。快楽を味わう機会は一度しかない。交尾をしてすぐに死ぬ哀《あわ》れな虫と同じではないか。私は違う。何度も生き返り、何度も死ぬ。次から次へとものを買う。飽きる。捨てる。そしてあの至高の解放感を、緊張と緩和の振れ幅を、文明人だけに許された刹那《せつな》的ゆとりの快楽を味わう。私は浪費家であり、マゾヒストであり、麻薬中毒者だった。「飽き」への飽くなき探求心に取り憑《つ》かれ、人生を捧《ささ》げていた。

私には妻がいる。

社の懇親会で出会った、ひとつ歳下《としした》の女性である。二年の交際を経《へ》て去年籍を入れた。器量がよく、聡明《そうめい》で、料理が得意だ。育ちがよすぎるせいかやや鈍《にぶ》いところがあり、私の浪費癖《へき》についても「またそんなもの始めて」と呆《あき》れつつも許容してくれる。最高のパートナーじゃないか、と周囲は賞賛する。私も心底そうだと思う。日々二人で寝起きし、語らい、ふとした拍子《ひょうし》に笑みを交《か》わし、愛と幸福を確かめ合う。

何かを始めたその日から、辞める日のことを考えている。

苦労して手に入れたからこそ、「飽き」への誘惑に抗えない。

出会って三年、結婚して一年。

もう充分だろう、と私は判断した。

その日はリモートワークがあり、十四時から商品開発部のプレゼンを聴く予定だった。プレゼン担当者は用意周到な男で、私は彼が遅くまで会社に残り、練習に励《はげ》んでいることを知っていた。ドアの隙間《すきま》からその様子を盗み見し、大まかなプレゼン内容を把握した。開始一分でつかみのジョーク。核心に入るのは五分以降。

翌日に休みを取り、パソコンのカメラに向かって十分ほどの動画を撮った。開始一分で軽く笑い、定期的にうなずき、五分以降は聞き惚《き ほ》れた顔をする。出来ばえはなかなかだった。窓の外には青空が映り、壁かけ時計も十四時を指している。ミーティングアプリの設定をいじり、ワンタッチでその動画を流せるようにした。

天気予報が当たり、その日も朝から快晴だった。妻がカルボナーラを作ってくれて、二人で食卓に着き、遅めの昼食をとった。庭のアネモネが元気なかったよ。なにげなく口にする。ほんと？　すぐに水をやらなくちゃ。頼んだよ、ぼくはこれからリモートワークだから。パスタは本当においしかった。パセリ一粒に至るまで残さず食べた。私は三年間の感謝を込め、丁寧に「ごちそうさま」を言った。

十四時ちょうどにプレゼンが始まった。私はカメラの汚れを拭《ふ》き取《と》るふりをして映像を切り替え、書斎を離れた。コートと手袋を身に着け、庭に出た。

我が家はちょっとした高台の上にある。庭のすぐ外は五メートルほどの擁壁になっており、その下の細い道は、小学校の通学路として使われている。

じょうろを持つ妻の背中が見えた。

コンクリートブロックで四度殴り、絶命を確認してから、擁壁の下へ投げ捨てた。

コートと手袋を脱ぎ、書斎に戻る。ちょうどプレゼンが終わるところだった。再び映像を切り替え、私は拍手をした。

十四時十五分、下校を始めた小学生が妻を発見し、ミーティングが終わったところで病院から連絡が入った。血のはねたコートと手袋を暖炉《だんろ》で入念に燃やしてから、私はタクシーに乗った。どちらもブランドものだったが惜しくなかった。着飽きていたから。

帰宅したのは深夜だった。私は喪失感に呆然とし、もう返らない時間を想い、涙を浮かべた。コーヒーを飲みながら、心にぽっかりとあいた穴のふちに想像上の指を這《は》わせた。ソファーに座り、天井を見上げながらつぶやいた。

「あーあ」

これまでの人生で最高の「あーあ」だった。

庭に不法侵入した何者かの犯行、という線で捜査が進んだが、もちろん犯人は捕まらなかった。

ミーティング映像と社員たちの証言によって私は疑われることすらなかった。すべてが計画どおりだったが、そうでない部分もあった。妻の喪失は予想外の幸福を私にもたらした。家には妻の私物が数えきれぬほどあり、それを捨てるたび、私はあのどこまでも深い「あーあ」の余韻を味わえるのだった。アイスクリームの蓋《ふた》を舐《な》める少年のような気持ちで、私は一日一枚ずつ彼女の服をゴミ袋に詰めた。

奥さんは妊娠二ヵ月でした、と警察から伝えられたときは驚いた。私は生まれるまで待つべきだっただろうか？　子どもがいれば妻亡きあとも、新たな「飽き」への道が拓《ひら》けたかもしれない。しかし無自覚のうちの喪失というのも私にとっては快楽の一種で、珍しい国の料理のごとく面白い味がするのだった。妻には感謝してもしきれない。

人を殺すのは簡単だ、と学べたことも収穫だった。これなら次の妻も、その次の妻も、問題なく捨てていけるだろう。両親や兄弟や友人を殺してもいいかもしれない。この家を燃やしてタワーマンションに引っ越そうか。アイディアは次から次にあふれ、「喪失」の瞬間を思い描いただけで私は身を震わせた。素晴らしい！

日々は穏《おだ》やかに過ぎていった。慰めの言葉をかけられるたび私は悲しんだふりをし、内心でほくそ笑んだ。強烈な優越感だった。警察も友人たちもなんて馬鹿《ばか》なのだろう。この世のすべては、私の快楽のための消耗品にすぎないのに。もちろん、こんなことは誰にも話さない。墓場まで持っていく私だけの秘密だ。

待てよ。

持っていく？


「ったく、最近の若い奴《やつ》ときたら」

取調室から出てきた警部は、椅子《いす》に座るなり眉間《みけん》を揉《も》んだ。部下が寄ってきて、かたわらに缶コーヒーを置く。

「例の、妻を殺したって男ですか」

「話を聞いてみたんだがな。何を考えてるのやら……」

「あいつ、どうして自首してきたんです？」

警部は取調室のドアを見やり、肩をすくめた。

「秘密を持つのに飽きたんだってさ」

猫飼人《ねこかいびと》

小野寺史宜

黒猫を飼い始めた。

彼女を失った友が。

「いや、彼女は前からずっと黒猫を飼いたがってたんだ。でも僕が猫アレルギーだから、我慢してくれてたんだよ」

「猫アレルギー、なんだ？」

「そう思ってた。実際にこうやって飼うまでは。昔さ、猫がいる親戚《しんせき》の家に行くたびに目がかゆくなって、くしゃみが出てたんだよね。小さいころは自分でもわからなかったんだ。意識もしてなかったというか。でも高校生のころにやっと、あぁ、これは猫のせいなんだなって」

「気づいた？」

「うん。で、彼女と付き合いだして、その話をしたら、じゃあ、一緒に住んでも猫は飼えないねって。だから、二人で住んでたときは飼わなかった。目がかゆくてくしゃみが出るだけだからさ、別にいいかとも思ったんだよ。でも、自分から飼おうとは言わなかった」

「彼女も、飼おうとは言わなかった？」

「うん。そういうとこ、優しいんだよね。そのくらいなら我慢してよって言って飼いたがる女の人もいそうだけど。彼女はちがったよ。だから、今になって飼った。罪滅ぼしのつもりで」

「罪滅ぼしって。何も悪いことはしてないよな」

「そんなことないよ。猫ぐらい飼えた。目のかゆみとくしゃみぐらい、我慢できた」

「それがずっと続くのはつらいだろ。花粉症なのに杉の木が居間に立ってる家で暮らすみたいなもんなんだから」

「でもこんなふうに飼ってみてわかったよ。たぶん、猫アレルギーではないんだ。目のかゆみもないし、くしゃみも出ないから。親戚の家では、庭に植えられてた草とかハウスダストとかが原因だったんじゃないかな。その意味でも、すごく後悔したよ。彼女がいるうちに黒猫を飼っておけばよかったたって」

「猫のなかでも黒猫を飼いたがってたんだ？　彼女」

「うん。黒猫って、西洋では不吉なものとされてるよね。でも昔の日本では福猫みたいな扱いをされてたんだって。彼女もそれを知って、一気に好きになったみたい。確かにさ、そう見ればかわいいんだよ。いや、そう見なくてもかわいい。甘え上手だし。猫だからベタベタはしないけど、時々スッと寄ってきて、すぐ横に座ったりね。こいつもそうだよ」

「名前は？」

「まだ付けてない。初めは彼女の名前にしようかと思ったんだけど。それはちがうかなって」

「それは、ちがうな」

「うん。彼女は人だからね。猫と同一視はしないよ。いくら何でも、猫を彼女の代わりだと思ったりはしない。まあ、名前はいずれ付けるよ。ぴったりなのが見つかったらね。見つからなかったら、なしでもいい。ここで僕と暮らしてるだけだから、それで困らないし。で、何、今日はわざわざ来てくれたんだ？」

「ああ。電話はつながんないし、ＬＩＮＥの返信もないから」

「ごめん。やっぱり、ちょっと参ってて」

「そうなのかと思って、会社に電話させてもらったよ。そしたら、今ちょっとお休みを頂いておりますって言うんで、さすがに心配になって、来た」

「そうか。悪かった」

「いや、それはいいんだけど」

「事故のあとさ、何日かは普通に会社に行ってたんだ。で、まさに普通に仕事をしてたつもりだった。そしたらさ」

「何？」

「自分でも気づかないうちに、ボロボロ泣いてたんだよね。声を上げてとかじゃなく、ただ涙を流して。どうしたんですか？　って、隣の席の後輩に驚かれたよ。驚くよな、そりゃ。

何もしないでパソコンに向かって、涙をボロボロ流してるんだから。で、取引先と話してるときにもそれをやっちゃって」

「商談中にってこと？」

「そう。話を聞いてるうちにいつの間にか彼女のことを考えてて、同じようになった。それで課長が、お前はしばらく休めって」

「賢明だな。おれが課長でも、たぶん、そう言うよ」

「でも一人でいるとさ、それはそれで押しつぶされそうになるんだよね。どうすればいいかわからなくなって。だから、猫を飼った」

「医者の診察を、受けたほうがいいんじゃないか？」

「意味ないよ、そんなの。失恋とかそういうのを医者に相談しても無理でしょ」

「この場合は単なる失恋とはちがうだろ。彼女が亡くなってるんだから。家族が亡くなったのと同じ。充分、医者の領域だよ」

「家族が亡くなったのとはまたちがうよ。それに、彼女のことを知らない医者に何かが解決できるとも思えない」

「医者だって、恋愛の経験ぐらいあるだろ」

「言い寄られてばっかりでしょ。医者っていうだけでモテるはずだし」

「それはそうだろうけど」

「彼女のことはさ、本当に好きだったんだよ。本当に本当に好きだった。それまでにも付き合った人は何人かいたけど、みんな、彼女とはちがってた。正直に言うとさ、自分はそんなに人を好きにならないのかと思ってたんだよね。でも彼女に会って、そうじゃないとわかった。丸ごと好きになれる人と出会ってなかっただけなんだって」

「丸ごと」

「うん。髪の毛一本一本から足の爪《つめ》一つ一つまでね。そんなのは大げさだと思ってたけど、大げさじゃなかった。心から人を好きになると、そうなんだね」

「そうか。じゃあ、おれは心から人を好きになったことがないんだな。誰のであろうと、切った足の爪はただのごみだと思っちゃうから」

「彼女はさ、夜、一人でドライブをするのが好きだったんだ。もちろん、僕と二人でもドライブはするんだけど、一人でもするんだよね。それはまた別のことなんだ。一人で車を走らせて、あれこれ考える。といっても、わざわざ何か考えるためにドライブに出るわけではなくて。夜に紛《まぎ》れて走ってるうちに、いつの間にか何かしら考えてる。そういうのが好きなんだ。彼女のそんなとこもすごく好きだったよ。僕自身も同じだから。彼女も、僕が一人でいたいときは一人にしてくれてたしね。そういうのをさ、押しつけがましくなく、自然にやってくれる人なんだよ。スッと引いてくれるんだ。それこそ猫みたいに」

「確かに、猫好きな感じはするよ。彼女も、お前も」

「でさ、僕のせいなんだ」

「せいって、何が？」

「事故」

「何で？」

「彼女、一人で車に乗るときは助手席にバッグとスマホを置くんだよ」

「普通はそうするだろうな」

「で、僕は運転中の彼女に電話をかけちゃったんだ。そうとは知らないで」

「普通は知らないよな、電話をかける相手が何をしてるかなんて」

「それは事故の直前だった。警察がそう言ってたよ」

「彼女は出たのか？　その電話に」

「出なかった。着信履歴が残ってただけ」

「じゃあ、お前のせいではないだろ。それで彼女が運転しながら電話に出ちゃったんなら、ちょっとあれだけど」

「でも助手席のスマホに運転席から目をやるくらいのことはしたはずだよ。そんなふうに一瞬わき見をして、ハンドル操作も誤ったんだ。で、駐まってる車に突っこんだ」

「推測だろ」

「推測だよ。でも、たぶん、事実」

「だとしてもお前のせいじゃないよ。お前は彼女が運転してることを知らなかったんだから」

「知ってたか知らなかったかは関係ないよ」

「なくないだろ」

「ないよ。現に彼女は亡くなってる。僕が知ってても知らなくても、そうなってた」

「その車、彼女が突っこんだ車。路駐してたんだろ?」

「うん」

「人は乗ってなかったんだよな?」

「うん」

「駐車違反ではなかったのか?」

「厳密には、違反だったみたいね」

「だったら、その車の持主のほうがお前よりずっと悪いだろ」

「かもしれないけど。そうは思えないよ。そんな駐車ぐらい誰だってするし。僕だってするよ。彼女と二人でドライブに出たときだって、何度かはした。それは責められないよね。むしろ持主がそのとき車に乗ってなくてよかった。彼女が人を巻きこまなくてよかった。そう思うしかない」

「彼女の葬儀には、行ったんだよな?」

「うん。彼女のお父さんとお母さん、見てられなかったよ。憔悴《しょうすい》しきってて」

「親御さんは、お前を彼氏と知ってた?」

「知らなかった。まだ紹介されてはいなかったし。だからすごく迷ったよ、そこで自分が彼氏だと言うか言わないか」

「どうした？」

「言った。言わないのは変だから」

「どうなった？」

「何とも言えない感じになったよ」

「まあ、そうだろうな」

「彼氏なんて何者でもないからね。無関係な他人と同じだし」

「無関係ではないだろ」

「でもそれでお父さんお母さんと付き合いが始まるようなこともないよ。もう終わってるんだし。実際、思ったよ。葬儀に行って、あぁ、ほんとに終わりなんだなって。ただ、僕はそれで終わりになんてできなかったから、猫を飼った。葬儀が終わってすぐに」

「すぐにか」

「彼女はやっぱり見る目があった。黒猫はいいよ。ほら、ここからでもわかるよね。黒い毛ってさ、すごくつややかなんだよ。目の金色ともよく合うし。白い毛だと、黒く汚れるよね。でも黒い毛は、白く汚れるんだよ。白を汚れにしちゃうんだ、黒は。白も汚れになるんだと知れた。いい発見だったよ。僕が猫アレルギーじゃないっていうのと同じぐらい、いい発見だった」

「お前が猫アレルギーじゃないかは、まだわかんないよ」

「いや、わかるよ。さっきから僕、一度もくしゃみなんてしてないよね」

「してないな」

「だからアレルギーではないんだよ。だから彼女と二人で猫を飼うべきだったんだ。僕はさ、もうこの先もずっとこいつと一緒にいるよ。彼女がいない生活に意味なんてないから。彼女を超える人なんて、現れるわけないから」

「なあ」

「ん？」

「おれは、友だちとしてお前に言わなきゃなんない」

「何を？」

「気づいてないんだろうけどな」

「うん」

「この部屋に猫はいないよ」

「え？」

「お前、猫、飼ってないよ」

晦日《みそか》の月猫《つきねこ》

高田崇史

黒猫を飼い始めた。

といっても、どこぞの家から貰《もら》い受《う》けたわけではないし、家の中で一緒に暮らしているわけでもない。

ある朝のこと。ゆっくり花見もできぬうちに隅田川《すみだがわ》の桜も終わっちまったなあ、などと頭を掻《か》きながら庭先で大欠伸《あくび》をしていると、薄汚れて毛並みもぼろぼろの一匹の黒猫が足元にやって来て、長治郎《ちょうじろう》の顔を見上げて「ねお……」と鳴いた。その余りのみすぼらしさに哀《あわ》れを催したので、食べ残しの鰯《いわし》と冷や飯を少しやった。

どこからやって来たのか知れぬが、よっぽど腹を空かせていたとみえて、あっという間に平らげると、もっとくれというように再び足元に擦り寄ってきた。仕方なく、冷や飯に味噌《みそ》汁《しる》をかけ、欠けた器に盛ってやった。さすがに大根の漬け物はまずいだろうと思って止めた。

翌日も、黒猫はやって来た。長治郎は、再び餌《えさ》を与えた。そして——。

いつの間にか毎日やって来るようになったというわけだ。

聞くところによれば、ここからすぐの日本堤《にほんづつみ》にある吉原の遊女たちの間《なか》では、猫を飼うことが流行《はや》っているらしい。寒い冬に裸足《はだし》で過ごさなくてはならぬ彼女たちは、こっそりと着物の足元に猫を入れて暖を取るのだという。

三浦屋《みうらや》抱《かか》えの薄雲《うすぐも》太夫などという名の知れた花魁《おいらん》は「玉《たま》」と名づけた三毛猫の首に緋縮緬《ひぢりめん》をかけ、その先に純金の鈴を付けて片時も身から離さず、馴染《なじ》みの客以上に可愛《かわい》がっていたとか。「生まれ変わったら、あんな猫になりてえもんだ」などと衢《ちまた》を歩きながら真顔で話していた男たちを見かけたこともある。

手間職人の長治郎の身分では、野良猫如《ごと》きにそんなことは天地がひっくり返ってもできやしない。そこでせめてもと思い、色が真っ黒なことと、遊女たちが信仰しているという吉原《よしわら》京町《きょうまち》二丁目に鎮座《ちんざ》する「九郎助稲荷《くろすけいなり》」に引っかけて「九郎助」という立派な名をつけてやった。

吉原といえば近頃、物騒《ぶっそう》な火事も多い。苛酷《かこく》な毎日に耐え切れなくなった遊女たちの火付けが後を絶たぬのだという。もちろん、そんなことをすれば「吊り吊《つ》り《つ》」で二晩も三晩も木に吊るされるか、血反吐《ちへど》を吐《は》くまで折檻《せっかん》される。四つ目屋善蔵《ぜんぞう》抱えの小夜衣《さよぎぬ》などは、放火の罪を着せられて火炙《ひあぶ》りの刑で命を落としている。

それでも火付けが後を絶たぬというのだから、どれほど「苦界《くがい》」での仕事が厳しいか知れようものだ。すぐ近くの「待乳山《まっちやま》」も、もとは「真土山《まつちやま》」という名だったが、そこにある寺に遊女たちの子供らが葬られるようになり、こんな悲しい名前に変わったのだと聞いた。

そういえば、この間の小火《ぼや》騒ぎの際に、一匹の黒猫が灯芯《しん》をくわえて仲《なか》の町《ちょう》を走って行ったという噂《うわさ》も耳にした。おかげで吉原は半日休みとなり、遊女たちは密《ひそ》かにその黒猫を「神猫《かみねこ》」と呼んだという。

「そいつは、まさかお前さんじゃねえだろうな」

長治郎は笑いながら尋《たず》ねたが、九郎助は相変わらず「なご……」と鳴くばかり。

しかしやがて、そんな九郎助が雌《めす》だったことに気づいて名前を変えるかと思案を巡らせたが結局、ええい面倒臭え、とそのまま「九郎助」と呼ぶ事にした。

九郎助は、朝と晩に長治郎のもとにやって来ては、またどこぞにあるのか知れぬ塒《ねぐら》へと帰って行く。つまり朝晩の飯にありつくためだけに、長治郎の所にやって来るのだが、家に上げて、そこらへんを引《ひ》っ掻《か》き回《まわ》され、五月蠅《うるさ》い大家《おおや》に怒鳴《どな》られてもたまらぬから、それはそれで良《い》いと思っていた。

ところがある日、九郎助が息を切らしてやって来た。そして次の日も、次の日も。

一体何があったのだろう、どこかの小僧か丁稚《でっち》に虐《いじ》められているのか。そう思って長治郎は、こっそりと九郎助の後をつけることにした。

九郎助は、三、四軒ほど先の小綺麗《こぎれい》な屋敷《やしき》の庭に入って行く。

近頃は物騒な世相になり、人の入れ替わりが激しいから、現在《いま》誰が住んでいるのかは知らない。長治郎が垣根《かきね》の隙間《すきま》からそっと覗《のぞ》き見ると、明るい縁側近くに敷かれた布団の中に若い男が横たわっていた。すっかり暖かくなっているというのに、まだ冬の厚手の布団を掛けている。病《やまい》に冒されているのだろう、青白い顔で苦しそうな息をしていた。

すると、驚いたことに九郎助は、若者にそろそろと這《は》い寄《よ》って行くではないか。

その気配に気づいた若者は、枕元《まくらもと》に置いてあった刀を手に取ると、鯉口《こいぐち》を切るなり抜撃《ぬきうち》で九郎助に斬《き》りつけた。

〝あっ〟

と声を上げそうになった長治郎は、あわてて両手で自分の口を塞《ふさ》ぐ。

しかし九郎助はその白刃をかわし「ねお……」と鳴いた。

若者は再び斬りつける。長治郎などには、目にもとまらぬ太刀筋だ。だが九郎助は、寸前でその太刀を避けると再び「ねお……」と鳴く。

若者の斬《き》り込《こ》みは、そこまでだった。肩で大きく息をすると、諦《あきら》めたように大きな音を立てて刀を鞘《さや》に仕舞い、布団に倒れ込んだ。

一方の九郎助は、縁側で一息ついて毛繕《けづくろ》いすると、ふらふらと歩き出す。それを見た長治郎もあわてて家に戻り、やがてやって来た九郎助に鰹節《かつおぶし》をやった。

何故《なぜ》、危ない目に遭いながら通い続けるのか分からなかったが、そんなことが繰り返された数日後、若者の姿が消えた。労咳《ろうがい》だったそうで、転地したようだがもう助からないだろうと大家が話していた。

この頃、九郎助を見ない。

ついにあの若者の殺気立つ剣で斬られてしまったのか、と諦めていた。

そんなある日、長治郎のもとを一人の女性が訪ねてきた。髪を整え飾りにし、小袖《こそで》の帯に小刀を挟んでいる。武士の妻なのだろう。長治郎はあわてて身なりを整え、薄汚れた畳の上に正座して出迎えた。何事かと思っていると、女性は土間に立ったまま長治郎を見下ろして静かに口を開いた――。

自分は沖田《おきた》みつという。この少し先で療養していた、沖田総司房良《そうじかねよし》の姉である。

〝沖田総司――〟

長治郎の心の臓が跳ね上がる。京で「壬生浪《みぶろ》」、あるいは「壬生狼《おおかみ》」と恐れられた新選組の一番組組長ではないか。

〝道理《どうり》で……〟

あの時の剣先も鋭かったはずだ。とすれば、あの刀は音に聞く大和守安定《やまとのかみやすさだ》か、それとも加州《かしゅう》清光《きよみつ》。まさかと思うが、菊一文字《きくいちもんじ》。

みつは言う。

先月――五月《さつき》の晦日。総司があの世に旅立った時、黒猫が一匹、庭で死んだ。「黒猫を飼えば労咳が治る」という話は有名だ。猫は、総司の病を治そうとやって来てくれたのかと思った。そんな時たまたま或人《あるひと》から、その黒猫は、こちらの飼い猫だったのではないかという話を聞いたので知らせにやって来た。ただそれだけのこと。お構いは御無用。

「そっ、それで」長治郎は震える声で訊く。「九郎助――いや、その黒猫は、ひょっとして沖田様の手にかかって……」

いえ、とみつは首を横に振った。

「総司も『この猫は斬れないよ』と笑い、愛おしそうに何度も撫《な》でながら最期まで。猫も大変に馴《な》れつき甘えておりました」

ほっ、と安堵しながら、

「しかし」長治郎は恐る恐る尋ねた。「それは、沖田様の奥方も、さぞや落胆されましたでしょう……」

すると、みつは言った。

総司に妻はいない。ただ、京にいた時、壬生寺《みぶでら》西門前にある水茶屋の若い女が、総司を大層慕《した》っていたらしい。しかし、これから戦《いくさ》に出るので、もう会えぬと告げると、私も命はいらぬからご一緒にと申し出たという。当然、総司は断る。それでもぜひご一緒にと言うその女に総司は「これ以上付いて来たならば、必ず斬る」と告げた。その後、その女も病で帰らぬ人になったという――。

「つまらぬことを申しました」

視線を落としたみつの前で長治郎は、ふと思う。

ひょっとするとあの黒猫――九郎助はその女の生まれ変わりだったのではないか。

総司の病を治そうと、あるいは総司の側に居たい一心で、黒猫となって再びこの世に現れた。もしかすると総司も、それを感じ取っていたのかも知れぬ。

そう考えれば、毎日斬られそうになりながらも九郎助が総司のもとに通った意味が了見できるし、総司の命が消えると同時に死んだ道理も分かる。

それに、もしも九郎助の前世が遊女であったならば、吉原の女たちの「苦界」も分かっている。それで吉原《なか》に火を付けた。噂の「神猫」は本当に九郎助だったのか……。

ぶるっと身震いする長治郎の目の前でみつは、あの黒猫がこちらのお宅の飼い猫であれば失礼。幾許《いくばく》かの金銭を用意してきていると言ったが、もちろん長治郎は低頭して固辞する。

僭越《せんえつ》ながらそれを沖田様の供養にと申し上げて、みつを見送った。

女郎の誠《まこと》と玉子の四角
　あれば晦《みそか》に月も出る

そんな長唄《ながうた》があるが、この晦日――月隠《つごもり》の朔《さく》の日に出るはずのない「月」が出たのかも知れぬ。新選組の総司も「誠」なら、その女も「誠」だったのか……。

その夜。

長治郎は夭逝《ようせい》した天才剣士・沖田総司のために、そして九郎助――となってやって来たであろう名もなき遊女のために取って置きの酒の封を切ると、薄雲のかかった月を見上げながら一人、いつまでも杯《さかずき》を重ねた。

ヒトに関するいくつかの考察

紺野天龍

黒猫を飼い始めた。

より正確に表現するならば、勝手にアパートに住み着いた、と言うべきか。

東雲《しののめ》大学にほど近い木造二階建てのオンボロアパート『エクセレント東雲Ⅱ』。

家賃四万円というこの都内有数の価格破壊物件には、色々な人が住んでいる。

たとえば、女手一つで中学生の娘を育てるゆるふわお姉さん。あるいは、大学へも行かず引《ひ》き籠《こ》もって本を読んでいる学生。果ては日がな一日酒を飲んでいるダメ人間二名など、実にバラエティに富んでいるので、今さら猫の一匹増えても大きな影響はないのだった。

今日は二階の通路で、隣に住む来栖志希《くるすしき》さんが、黒猫に鰹節《かつおぶし》を与えていた。

「あ、瀬々良木《せせらぎ》先輩、こんにちは」

屈《かが》み込《こ》んだ状態のまま、来栖さんは嬉《うれ》しそうにこちらを見上げた。対して黒猫は、僕のほうなど見向きもせず皿に食らい付いている。よほど美味《うま》いのか、まさに一心不乱といった様子だ。

「猫は鰹節が好きっていうのは本当だったんだね」

「猫用の鰹節なので、もしかしたら猫の好みに合うよう調整されているのかもしれません」

来栖さんは、慈しむような優しい視線を猫へ向け、そっと小さな頭を撫《な》でた。猫になりたい、と心から思ったのは生まれて初めてだった。

変わり者の多いアパートの中で、彼女は随一の真人間だ。小柄《こがら》で童顔、見ようによっては中学生くらいにも見えるが、正真正銘ぴかぴかの大学一年生である。

いつも愛くるしい笑顔を周囲に振りまいており、僕はもうその妖精《ようせい》の如《ごと》き魅力にすっかりと参ってしまっている。

つまり、ありていに言ってしまえば。

僕は彼女に恋をしてしまっているのだった。

ただし、もちろんその想《おも》いは未《いま》だ伝えられていない。いつかは伝えなければと常に考えてはいるものの、圧倒的なチキンハートの持ち主なので、今のところそれが実行される予定はないのだった。だが、近いうちに、きっと、必ず——！

そのときふと黒猫が顔を上げて、じっとこちらを見つめてきた。翠玉《すいぎょく》の双眸《そうぼう》は、深い知性の輝きを宿しているようにも見える。この猫は、よくアパートの住民を観察するように鋭い視線を向けてくる。昼間はまあ可愛《かわい》いものだが、夜などは正直不気味ですらある。

いったいどのようなことを考えているのだろうか——。

◆

我が輩は猫である。名前は――〈†殺人にうってつけの夜《マーダー・ナイト》†〉。

生まれて間もなく川辺に捨てられ、以来憎き人間どもを皆殺しにすべく日々爪《つめ》を研ぎ、虎《こ》視眈々《したんたん》と復讐《ふくしゅう》の機会を狙《ねら》って――いたのも遠い過去のこと。

復讐に生きるよりも、のんびり暮らすほうが性に合っていることに気づき、今では気ままな放浪生活を楽しんでいる次第だ。

このあばら家に辿《たど》り着《つ》いたのはただの偶然だが、なかなかに幸運だったと言える。ここは安全で陽当《ひあ》たりもよく、何より敵対する存在がいないので大層心地よい。

我が輩以外にも、このあばら家には、多くのヒトが住み着いている。

ヒトの顔など、我が輩には見分けもつかないが、概《おおむ》ね二種類のヒトがいることくらいはわかる。オスとメスだ。近頃は、低い声で鳴くのがオスで、高い声で鳴くのがメスであることもわかってきた。あとメスのほうが、じゃれつきたくなるようなひらひらの布を身に纏《まと》っていることが多い。オスも同じように布を纏っているが、あまり面白くはない。

閑話休題。

我が輩にとってヒトなど、敵か、そうでないかの二択程度の興味しかないが、それでも比較的気に掛けているヒトはいる。『クルス』と呼ばれているメスだ。

クルスはいつも甲斐甲斐《かいがい》しく我が輩に食べ物を運んでくるので重宝している。ちなみにクルスは、我が輩だけでなくあばら家を根城とする他《ほか》のヒトにも、よく同じように食べ物を運んでいる。クルスは我が輩だけの眷属《けんぞく》のハズだが……寛大な心で許してやっている。

そんなクルスの周りには、いつもたくさんのオスが集まっていた。きっと交尾をしたいのだろう。

だが、実に珍妙なことに、人間のオスとメスは気軽に交尾をしないらしい。交尾をするためには、様々な手順を踏み、『コイビト』と呼ばれるつがいの状態にならなければならないのだとか。

正直理解が及ばないが、そういった不可思議なヒトの生態は、我が輩の無聊《ぶりょう》を慰めるのにうってつけの材料だった。我が輩は、ヒトの観察を日課としている。

ある日のこと――。

「――先輩、ご飯多めに作っちゃったんですけど、よかったらどうぞ」

クルスは、二階のオスを訪ねていた。数度戸を打擲《ちょうちゃく》すると、オスが顔を覗《のぞ》かせた。

「……ああ、来栖さん。いらっしゃい」オスはだらしない笑顔を浮かべた。「散らかってるけど、よかったら上がって」

オスの部屋にメスを上げる。やはりクルスとこの『センパイ』というオスはつがいなのだろうか。

「それじゃあ、ちょっとお邪魔しますね」クルスは警戒心もなくオスの部屋に上がる。

いよいよこれから交尾に勤《いそ》しむのだろうか。我が輩は興味深く思い、観察を続けるため、廊下から窓の縁へと移動する。ここは室内をよく見るための特等席なのだ。

「少しキッチン借りますね」

クルスは水場に立ち、何やら食事の準備を始めた。上機嫌な様子だった。

「……来栖さん」センパイは低い声で鳴いた。「今日も可愛いね」

「どうしたんですか、急に」クルスは恥ずかしそうに目元を染める。「そんなこと、今まで一度も言ったことなかったのに」

「僕はね、来栖さん。覚悟を決めたんだ。今日こそ、きみに本当の気持ちを伝えるって」

「本当の……気持ち？」

クルスは不思議そうに振り返った。センパイは立ち上がり、クルスの元まで歩み寄る。

「……来栖さん。ずっと……ずっと、あなたのことが好き、でした……！」

「へあっ⁉」クルスは頓狂《とんきょう》な声で鳴いた。

センパイは足を震わせ、立っているのもやっとの状態だったが、前足（ヒトの間では『お手』と呼ばれる部位）を差し出して頭を下げた。

「もし良かったら、僕と……つ、付き合ってください……！」

何をしているのかはわからなかったが、もしかしたらこれもつがいの儀式なのかもしれない。いよいよこれから交尾に発展するのだろうか。我が輩はヒトの交尾に興味津々である。

ところがクルスは、

「あ、あの……先輩のお言葉は嬉しいのですが、そのお気持ちには応《こた》えられません……」

「……え？」

驚いたようにセンパイは顔を上げた。それからすぐに取《と》り繕《つくろ》うように視線を彷徨《さまよ》わせる。

「や……やっぱり僕みたいな根暗陰《いん》キャじゃ来栖さんとは釣り合わないよね……」

「いえ、そういうお話ではなく……というか、先輩、相変わらず自己評価低いですね」

困ったように息を漏らしてから、クルスは、ごめんなさい、と頭を下げた。

「……実は私、今、気になってる人がいるんです。ですから、先輩とはお付き合いできません。でも、先輩とは仲良くしたいので、もしよかったら、これからもこれまでどおりの関係を続けていただけると嬉しいです」

「それは……喜んで……」意気消沈した様子で、センパイは俯《うつむ》いた。

その後クルスは、お鍋《なべ》は適当に洗って私の部屋の前に置いといてくださいね、と言い残して部屋を出た。

どうやらクルスとセンパイは、つがいではなかったようだ。

あれだけ親愛の関係を見せつけておきながらつがいではないとは……。

ヒトという生き物は——実に興味深い。

◆

バイトのために部屋を出たところで、来栖さんとは反対の左隣に住む躑躅森《つつじもり》が、目元まで前髪の伸びきった不健康そうな顔をして、のっそりと部屋から出てきた。相変わらずよれよれのスウェットを着ている。

躑躅森は大学の同期だが、学部が違うこともあり、日常的にはあまり接点がない。そもそも引き籠もりがちで大学にもほとんど行っていないと聞く。僕も顔を見たのは久々だ。

「珍しいな、こんな時間に出てくるなんて」

「ああ……瀬々良木くん」躑躅森は、病弱なゾンビのような足取りで近づいてくる。「瀬々良木くん……僕はもうダメだ……」

「どうした。おまえがダメなのなんて今さらだろうに」

ひどい、と躑躅森は項垂《うなだ》れた。

「来栖さんに……フラれてしまった……」

「フラれた？」僕は眉《まゆ》を顰《ひそ》める。「フラれたって何だよ。え、まさか告白でもしたのか？」

「うん……まさかフラれるなんて思ってもいなかった……」

「そのなりでよくイケると思ったな……メンタルお化けか？」

呆《あき》れ半分に感心する。躑躅森にそんな勇気があったなんて……僕などよりもよほど勇敢で少し羨《うらや》ましくさえある。

しかし……躑躅森も来栖さんのことが好きだったとは……。来栖さん、滅茶苦茶《めちゃくちゃ》優しくて滅茶苦茶可愛いから、男女問わず人気者なんだよな……。

僕は一つため息を吐《つ》いてから、同好の士《し》の背中をポンと叩《たた》いた。

「――まあ、そう落ち込むな。コンビニでも行こうぜ。何か甘い物でも奢《おご》ってやる」

「ありがとう……瀬々良木くん……」躑躅森は自虐めいた笑みを浮かべた。「でも、僕の何がいけなかったんだろう……」

「何ってそれはおまえ――」改めて躑躅森を上から下まで眺《なが》める。「まずは身だしなみだろう。せめて、年中スウェットはやめろ。あといい加減髪も切れ。床屋……いや、おまえは美容院か。ビビって予約が入れられないなら、僕が代わりに連絡してやってもいい」

そう言うと、躑躅森は長い前髪に隠れた双眸に喜色を滲《にじ》ませ、

「ありがとう！　瀬々良木くん！」

いきなり抱きついてきた。

「おい馬鹿《ばか》やめろ！」余計なところに触れないよう気を配りながら慌てて引き剝《はが》す。

それから急に気恥ずかしさを覚えて、僕は視線を逸《そ》らした。

「……とにかく躑躅森はもう少し色々と周りにも気を配れ。――女の子らしくしろとまでは言わないけどさあ」

躑躅森咲麗子《さくらこ》――東雲大学文学部二年生の彼女は、女性にしては低めの声で、うん、と頷《うなず》いた。

ふと視界の隅《すみ》で黒い塊《かたまり》のようなものが動いた。視線を向けると、来栖さんの部屋の前の廊下に、黒猫が座っていた。

黒猫は大きく一度あくびをした後、いつものように気のない声で、「なぁご」と鳴いた。

そして黒猫を見つけた

杉山 幌

黒猫を飼い始めた。

が、黒猫との生活はたった一日で終わりを告げてしまった。

経緯はこうだ。

昨日の夜十一時過ぎ、雑居ビルに入っている居酒屋でのバイトを終えたおれは、通用口から外に出た。強くはないが雨が降っていて、自転車で帰らなければいけないおれは嫌だなと思った。小走りでスタッフ用駐輪場に向かったが、その手前のゴミ捨て場に段ボール箱に入った小さな黒猫を発見した。

段ボール箱の中から見上げる黒猫と、たしかに目が合った。

周囲を確認する。雑居ビル裏の狭い路地にはおれ以外の姿は見えない。

さすがに、無視は出来なかった。おれは単なる大学生だが、保護猫の譲渡会を運営する団体〈にゃんブリッジ〉に、ボランティアとして関《かか》わっている。

黒猫を段ボールごと抱き上げてみた。まだ子猫で痩《や》せてはいるが、幸い雨にはあまり打たれていないようで体は少し湿っている程度だった。首輪をしている。チャームがついた首輪はハンドメイドに見える。家猫だったのだろう。なんらかの事情で飼えなくなったのか。

黒猫と再び目が合うと、運命を感じた。おれの住む学生寮は動物の飼育は禁止されているが、そのルールも頭から吹き飛んだ。隠れてインコや熱帯魚を飼っている学生もいる。いざとなれば、〈にゃんブリッジ〉で保護して貰《もら》えば良い。

そんなわけで、おれは黒猫を自転車のカゴに入れて帰寮した。

部屋に着くと黒猫の体を拭《ふ》いてやり、水と食べ物を与え、段ボールと新聞紙で急ごしらえのトイレを作った。しばらくして、空腹を満たした黒猫がベッドに飛び乗って眠り始めた。その小さな寝姿を何枚もスマホのカメラに収めている内に、おれもいつの間にか眠りに落ちてしまった。

チャイムの音に起こされたのは朝の八時過ぎだった。

「青木、まだ寝てんのか？」

その声で完全に覚醒《かくせい》する。同級生の坂井くんだ。

一瞬黒猫の存在を忘れてそのままドアを開けそうになるが、すんでのところで思いとどまる。振り返ると、黒猫は窓のサッシ枠のところに器用に座って外を眺《なが》めている。

「青木ー、大丈夫か？」

どうしよう。昨夜バイトから帰る途中に、坂井くんから「明日寮を出る前にノートを返しに行く」と連絡があった。居留守は使えない。このまま返事をしなければ坂井くんは寮の管理人に連絡してしまうだろう。彼は心配性で、おれがコロナに感染して自室隔離になった時は、リスクを顧みずに何度も様子を見に来てくれたのだ。あの時食料や水を持って来てくれた坂井くんを無視するのは嫌だ。

坂井くんなら黒猫の存在に気づいても密告したりしない。とはいえ、自ら紹介するのは早すぎる。まだ名前すら付けていないのだ。

おれは窓のカーテンを閉めた。すると黒猫の姿は見えなくなる。ノートの受け渡しなんて三十秒もかからない、大丈夫だ。

「ごめん、寝ぼけてた。バイトで疲れてて」

おれはドアを開けてそういった。

「なんだよ、心配したぞ、大丈夫か？」

坂井くんは玄関の中に入り、おれの様子を確かめるように顔を近づける。

「大丈夫だよ」

「ならいいけど、ノートありがとな」

坂井くんが差し出したノートを受け取る。

「全然。追試がんばって」

「おう、お陰様《かげさま》でバッチリだぜ。留年だけは勘弁だからな」

そういって坂井くんはポケットに手を突っ込み、笑みを浮かべる。

その時だった。

背後で布の擦れる音がした。振り返るとカーテンが膨《ふく》らんでいて、黒猫がその膨らみから産み落とされたように床に降りた。

まずい、と思う間もなく黒猫は駆けた。おれは慌てて黒猫を捕えようとするが、猫の素早さに敵《かな》うわけもない。

猫はパニックに陥《おちい》ったように、狭い部屋のあちこちを駆け巡る。

「おい青木――」

坂井くんの声で、猫はドアという脱出口の存在に気づいたかのように、走り出した。

坂井くんが閉めようとしたのか、ドアはほとんど開いていない。

猫は、坂井くんの体が塞《ふさ》いでいる僅《わず》かな隙間《すきま》を目がけて、飛んだ。

「痛っ！」

坂井くんの胸の辺りに黒猫はぶつかった。坂井くんはたたらを踏み、廊下で尻《しり》もちをつく。

黒猫は坂井くんの肩を蹴《け》って飛ぶと、廊下を走る。おれは追いかけようとするが、すぐに足を止めた。諦《あきら》めたわけではない、坂井くんの様子がおかしいのだ。

「ごめん！　痛かった？」

坂井くんは尻もちをついたまま、ポケットから出した両手で口の辺りを押さえて咳《せ》きこんでいる。

「……おれ、猫アレルギー……あって」

苦しげにそういうと、坂井くんはますます激しく咳《せき》をした。その姿を見て、血の気が引く。

坂井くんは、重度の喘息《ぜんそく》持ちだ。一度だけ彼が発作を起こしている姿を見たことがあるが、今と似ている。ペットの毛はハウスダストやダニと並び、喘息を起こす代表的なきっかけのひとつだ。

坂井くんの呼吸がヒューヒューと喘鳴《ぜんめい》を起こし、体が軽くけいれんし始める。

おれは泣きそうになりながら、黒猫が消え去った廊下の先を見ていた――


「――ということなんです」

何度目かの説明を終え、おれは息をつく。

おれは今、教授室にいる。

「だから坂井くんは病院に行く必要があって、追試を受けられなかったんです。彼には再試験を受ける権利があります」

四方田《よもた》教授は椅子《いす》に座り、読んでいる本に視線を落としたままだ。一度も顔を上げずにおれの説明を聞き続け、今も興味がないように見える。

「これで留年が決定するのはフェアじゃないです」

おれは少し苛立《いらだ》ちながらそういった。教授はおれに対して、より細かい説明をするよう求めながら、自分は顔を上げることすらしない。四方田教授は学問には厳しいが人情派だ、という噂《うわさ》のある人物だ。説明すればわかってくれると思って足を運んだのだが、反応は芳しくない。

「本人はなんていってるの？」

教授はそのままの姿勢で口を開く。本のページを繰り、紙の擦れる音がした。

「わざとじゃないし仕方ないって。再試験を受けられなくても、もう一年頑張るよといってました」

坂井くんはおれを責めるようなことは一切《いっさい》口にしなかった。むしろ動揺するおれを気遣《きづか》うようなことを何度もいっていた。だからこそ、罪悪感も一層募《つの》る。

自分が無茶な要求をしているとは思わない。追試は欠席すれば留年確定だ。しかし、やむを得ない事情がある学生を対象に、二週間後に再試験がある。コロナの感染者や濃厚接触者が想定されているのだろうが、坂井くんのケースだって充分に「やむを得ない事情」だ。

「そうなの。まぁもう一年ということにはならないね」

「え？　それって――」

まさか単位をくれるんですか。

そういいかけたおれを制するように、教授は軽く手を挙げた。

「違う違う。坂井くんは退学にしよう」

おれは固まってしまった。

この人はなにをいっているのだろう。

「友人を騙《だま》して利用するなんて、許せない。彼は退学だよ」

四方田教授は本を閉じ、ようやく顔を上げた。

「彼の目的は、自作自演の喘息劇で再試験を狙《ねら》うことだった。勉強が間に合わず、今日追試を受けても落ちるという確信があったんだね。だから再試までの猶予がほしかった」

「そんな……あの喘息は絶対に嘘《うそ》じゃないです」

「もちろん嘘じゃない。だからこそ、彼はこの計画を立てたんだ。仮病を使うよりも〝誰かのせいで持病の発作が起きてしまった〟ほうがより説得的だと思わないかい？　それに、その誰かがこうやって必死に進言してくれる」

「待ってください！　色々と無理がありますよ」

「では最初から説明しよう。まず、君が猫を拾った時、猫はあまり雨に濡《ぬ》れていなかった。そうだね？」

「……はい」

おれは昨夜の光景を思い出しながら肯定した。

「それは猫の入った段ボールが路上に置かれてから君が発見するまでに、それほど時間が経《た》っていなかったことを意味している。そりゃそうだよ。君以外に拾われるわけにはいかないからね。だから坂井くんは、バイトを終えた君が通用口から出てくる直前に猫をセットした。仲が良い友人なら、バイトのシフトの時間や課外活動のことも知っているだろう。保護猫の譲渡会に関わっている君なら、捨てられた子猫を見過ごす筈《はず》がない。坂井くんはそう踏んだんだ。君はまんまと猫を寮に持ち帰り、翌朝、坂井くんは予定通り君の部屋を訪ねた」

ここまでの教授の説明は筋が通っているように感じられる。

だが、ここで引き下がるわけにはいかない。

「万が一、そこまでは教授のいう通りだったとしても、坂井くんが訪ねてきた時に猫が走り出したのは、出来すぎでしょう。まさか子猫を訓練したとでもいうんですか？」

「それは人間には聞こえない周波数の猫除《よ》けの超音波アラームでも使ったんだろうね。子猫なら過敏に反応するだろう。目論見《もくろみ》通りに猫はパニックになって駆け回り、ドアを塞いでいた彼に飛びかかった」

そういわれて頭に過る光景がある。坂井くんはおれにノートを手渡してから、ポケットに手を突っ込んでいた。

「そして彼は自ら発作を起こしたんだ」

「……自ら？」

「猫アレルギーというのは嘘だろう。猫とぶつかっただけですぐに喘息の発作が起きたのは、都合が良すぎる。でも発作自体は明らかに演技じゃない。つまり、彼は猫とぶつかった直後に発作を起こすようなアレルギー物質を取り出して、喉《のど》に送り込んだんだ。重度の喘息を患っている彼なら、何がきっかけで発作が起こるのか充分に知っているからね」

尻もちをついた坂井くんが、口の辺りを手で押さえていた姿を思い出す。

あれは発作が起きたからではなく、起こす為《ため》だった？

信じたくない。信じたくないが、反論出来ない自分がいる。

「アレルギーテストを受ければ彼の嘘は判明するよ。この数日で考えたにしては上出来の計画だったが、友人を利用するのはやはり許せないね。彼は退学。以上だ。さあ、帰りなさい」

教授にそういわれても、おれは立ち尽くしていた。

まだ気持ちの整理がつかない。

「どうした？　ショックだろうけど——」

「いえ、ショックもあるんですけど、坂井くんよく考えたなぁって」

もちろん怒りもあるが、それほど大きくはない。今思い浮かぶのは、発作を起こした後、むしろおれを気遣っていた坂井くんの姿だ。今頃おれが感じた以上の罪悪感に苛《さいな》まれているだろう。坂井くんは、すごく心配性だから。

自然に、口《くち》の端《は》が緩《ゆる》む。

「正直にいうと、このまま気づかずに数年後に真相を告白されたら、めちゃくちゃ盛り上がる笑い話になっていたと思います」

おれがそういうと、四方田教授は眼鏡《めがね》の奥の目を眇《すが》める。

「……本当に仲が良いんだね、麗しいことだ。よし、君に免じて留年のチャンスをやろう」

「チャンス？」

「条件は二つだ。今から君が坂井くんに電話をして、ことのあらましを話す。彼が素直に認めることが一つ目の条件。二つ目は、この計画の為に猫を使い捨てにせず、保護するつもりがあったかどうかだ」

一つ目の条件はわかる。

だが、猫を使い捨てにせず、とはどういうことだろう。

黒猫は逃げてしまったし、もう保護なんて——いや、思い当たることが一つだけある。

「気づいたようだね。そう、首輪だよ。彼の計画では、猫がどこかにいなくなる可能性が高い。だから後から保護するつもりなら、首輪にGPS受信機でも仕込んでいただろう。もう探し始めているかもしれないね」

四方田教授は深いため息をつく。

「まったく、その労力とガッツを勉強に向ければ、試験を落とすことなんてないだろうに。そういう学生が、いつの時代もたくさんいるよ。さあ、電話をかけよう」

そういって、教授は両手を広げる。これですべてだ、といわんばかりに。

その表情は、どこか坂井くんが条件をクリアすることを期待しているようにも見える。

人情派という噂は、本当かもしれないな。

ササミ

原田ひ香

黒猫を飼い始めた。

最近、黒猫というのは人気がないらしい。カメラ写りが悪いからだそうだ。

そういうことを教えてくれるのは、近所の商店街の精肉店の神林《かんばやし》さんだ。彼女はそこの店主でもなく、家族でもなく、パートのおばさん（推定五十代）なのだが、まるで自分が店主のように店を取り仕切っている。

「ねえ！　邦子さん、ねえ！」

黒猫を飼い始めた頃、最初に声をかけてきたのが彼女だった。お店は道に面して冷蔵ケースを表に出している作りで、外を通る人がよく見えるのだろう。

「今日、ササミ、特売よ！　お宅のマミオにどうですか」

私はうっかりして、スーパーで買うつもりで前を通り過ぎようとしていた。

「ああ、ごめんなさい」

とっさのことだったから、思わず謝ってしまった。

「……一キロください」

「いつもたくさん、ありがとうございます」

このあたりじゃ、特売の時のうちのササミが一番安いんだから、と神林は誇らしげに言った。ササミは百グラム五十八円。確かに安い。

「さあ、どうぞ」

神林は私に一キロのササミの包みを渡した。ずっしりと重い。

「その帽子、目立つから、すぐに邦子さんだってわかったのよ」

私は思わず、それに手をやる。えんじ色の手編みのベレー帽だった。

「マミオちゃん、元気？」

「ええ、まあ」

「……邦子さん、元気ないわね？　大丈夫？」

神林さんは冷蔵ケースの向こうから私の顔をのぞきこむように首をかしげた。

「もちろん！」

きっぱり言い切ると、彼女はちょっと驚いた顔をした。

「お元気なようですね」

妙に神妙な、よそよそしい声を出した。

家に帰って、ササミを茹《ゆ》でた。

猫の姿が見えないが気にしない。どうせ、私にはなつかない猫だ。きっとベッドの下にでも隠れているのだろう。どっちにしても食べ物を置いておけば食べる。

火の通ったササミを丁寧にほぐす。猫の皿に乾いたキャットフードを入れ、その上にササミをのせて台所の入口あたりに置いておいたら、あいつはそっとやってきて食べ始めた。振り返ると、顔を上げて「シャーッ」とこちらを威嚇する。別にあんたなんか気にも止めてないわよ、と言ってやりたい。自意識過剰の女を見るようでイライラした。

ササミは一度に食べる分ずつ小分けにしてラップに包み、冷凍した。

私はカレンダーに書かれた「ササミ」という予定に線を入れ、無事に終わったことを記した。

ササミの一部は自分も食べることにした。キュウリを刻んで、すりごまを入れたタレをかける。お昼ご飯にそれを食べていると、階段の下に潜り込んだ猫がこちらを見ていた。自分が食べるものを奪ったとでも思っているのかうらめしそうににらんでいる。

猫の名前はマミオという。作家の向田邦子氏が同じ名前の猫を飼っていたことからきた。希少種の高級な猫だったらしいが、この猫はただ色が同じなだけで雑種だ。そのくせ、気位だけは高い。

「マミオちゃんは元気?」

「ええ」

この会話を神林さんと、二週に一度の特売のたびにくり返す。

「ササミ一キロください」

ある日、神林は目の下を腫《は》らしていた。時節柄《じせつがら》、お互いマスクをしているが、その上からでもわかるくらいに青くなっている。

「どうしたんですか」

「え」

自分では忘れているのか、彼女は聞き返した。

「目。ここ」

私だって別にたいして興味はないのだが、それが礼儀だと思うから、指で自分の目の下あたりを指した。

「いえね、なんでもないの」

彼女はめずらしく恥ずかしそうに笑った。

「階段から落ちちゃってね」

「あらまあ」

しかし、それからも同じようなことが何度か続いて、時には休むことさえあった。

「……亭主が悪いんですよ」

ある時、代わりに対応してくれた精肉店のおかみさんが言った。

「そうなんですか」

「前は優しい人だったのに、最近、リストラにあったらしくて。家にいることが続いて……

毎日、喧嘩《けんか》しているみたいなんです」

「ああ、そういうことですか」

私も深刻そうにうなずいて見せた。

次の月、久しぶりに会った神林は、打ち身こそなかったが元気がなかった。少し痩《や》せている気がした。

「なんだか最近、いつもぼんやりしているんです」

私にササミを渡しながら、彼女はぽつんと言った。

「邦子さんも……なんだか、前と別の人みたい」

「まさか」

「ですよね」

そして彼女は弱々しく笑った。

「病院に行った方がいい」

私はきっぱりとアドバイスした。

「そうですよねえ」

彼女は目を細めてこちらを見る。マスク越しだが、寂《さび》しそうに笑っている気がした。

「邦子さん、前はそんなふうに、言ってくれるような人だったんじゃなかったような……忘れっぽくなったんですかね」

今度は私の方が苦笑した。

「それは歳《とし》ですよ」

「ええ。でもなんだか、いろんなことが少しずつ、ずれている気がするんです、最近。夫は人が変わってしまうし、邦子さんは違う人みたいだし」

「このご時世だもの、めずらしいことじゃない。私だっていつも気が滅入《めい》ってますよ」

「ですね。そう言っていただけると、気が楽になります」

ありがとうございます、と神林は頭を下げた。

「そんなたいそうなことじゃないけど、ちゃんと治した方がいいわよ」

私はくり返した。


それから数週間して、また、特売の文字につられて精肉店の冷蔵ケースに引き寄せられると、おじいさんと言っても差し支えないような店主が仏頂面で立っていた。

「ササミ一キロください」

ろくに返事もせずに彼はササミを量りだした。

「……神林さん、今日もお休み？」

彼とは特に話したくもないけど、お愛想《あいそ》で聞いてみた。

「ああ」

すると、奥からおかみさんが出てきて、亭主を手で払うようなしぐさをして計りの前に立った。口をもぐもぐ動かしているから、食事をしていたのかもしれない。

「あたしがやるから……」と小声で言ったあと、「何グラムですか?」とこちらに笑顔を向けた。

「一キロ」

亭主はぶつぶつ言いながら奥に入ってしまった。

「すみませんねえ。うちのは愛想がなくて」

「いえいえ」

「神林さん、しばらく戻ってこないかもしれません」

彼女は夫の無作法をわびるように、そんな情報をもらした。

「具合でも悪いのですか」

彼女は肩をちょっとすくめて、「ええまあ」と言った。

「あんまりぼんやりしてるし、世界と自分がずれているみたいだ、とか、わけわかんないこと言い出したから、それはやっぱり、少しおかしいよ、疲れてるんだよって……しばらく休んでもらうことにしました」

「ご亭主のことが関係しているんでしょうか」

私は心配そうに言った。

「ねえ……ずいぶん、気に病んでたから。最近じゃ、お客さんたちのこともわからなくなって、前と同じようには見えない、別人みたいだとか言い出して」

「それはいけないですね」

私は重々しくうなずいた。

神林がいなくなったのなら、もう、この猫を飼っている意味もそうないのかもしれない、と私は猫を見下ろしながら思う。逃がしてしまって他《ほか》のところに引っ越してもいいかもしれない。

この邦子という女が持っているものは、私が住んでいる築五十年の小さな木造の家とわずかな年金だけ。でも、引っ越したら生活ができなくなってしまう。

加藤邦子という、向田邦子の本が大好きな女を見つけたのは、区の図書館でだ。しばらく観察して、彼女が毎週のように本を借りに来ていることを知った。そして、いつも借りている本も。

自分も同じ本を借り、偶然を装って向田邦子の本を彼女の目の前でかすめ取るように抜いたり、逆に彼女が選んだものを少し遅れて取り損《そこ》ねたふりをした。

「もしかして、向田さんのファンですか？」

おずおずと彼女の方から話しかけてくるのは時間の問題だった。

私たちはすぐに仲良くなった。彼女は、自分と同じ名前の作家のファンで、同じ名前の猫を飼っていた。夫もなくし、子供もいない。私とはほぼ同じ年頃、同じ身長、体重は私の方が少し多そうだったが、彼女に合わせて痩せた。顔はあまり似ていないけれど、人がいつもマスクをしている昨今ではあまり問題にならない。彼女の話を聞き出し、人生を聞き出し、眉《まゆ》の形を盗み出した。彼女のすべてを奪った。命も。

私は昔からずっとこんなふうに人の人生を奪って生きている。孤独な女を捜して、すべてを聞き出し、外見を似せて、仕草《しぐさ》も似せる。そうむずかしいことじゃない。いつからこんなことをしているのか、どうしてこんなことになったのか、もう忘れてしまった。ただ、神林のように昔は男から暴力を受けていて、そこから逃げてきたような気がする。もう、元の名前が何かも忘れてしまった。

誰かに気づかれて具合が悪くなったり、飽きたり、遊んで暮らせなくなったら、別の土地や別の人に移る。

六十を過ぎてとてもやりやすくなってきた。そろそろ年金をもらっている人を奪おうと思った矢先に知り合ったのが加藤邦子だった。孤独な年金生活者の彼女がカレンダーに書き込んでいた唯一の予定が、黒猫のためにササミを買うことだった。

さて、どうしようかな、とササミをのせたサラダを食べながら考える。

人を盗むのもこれが最後だと思っていた。年金がもらえるようになったら人間関係は少なくなり、もう逃げなくてもよくなるだろうと。でも、やはり、長く一所にいると、どんなに頑張っても、マスクをしていても気づかれることがある。神林ともやばかった。家を売って、猫を逃がして、どこかに消えようかとも思うけど、査定してもらったらこの家は二百万くらいにしかならないらしい。しかも、猫の臭《にお》いが染《し》みついている。もっと安くなるかもしれませんよ、と不動産屋は言った。

まあいい、とマミオという猫を見ながら考える。私には時間がたくさんあるし、神林は自滅した。それに世の中には独身で孤独で年金をもらっている女がたくさんいる。静かな暮らしをしようと思っていたのに当てが外れたのは痛いけど、また別の女を捜せばいい。

そう考えたとたん、急に胸が熱くなるのを感じた。もう人を盗むのはこりごりだと思っていたのに……。

自分の中にわき上がる感情をごまかすように、私はササミを食べている黒猫を抱きかかえた。抱いたのは初めてで、彼だか彼女は激しく暴《あば》れたが、裏口から投げ捨てると、慌てて草むらに逃げた。ち、ち、と舌を鳴らして、あっちに行けというふうに手を振る。

黒猫は一瞬だけこちらを見て、そして、あっさりと暗闇《くらやみ》にまぎれた。

犯人当てショートショート

キーワードは黒猫

🐾

森川智喜

黒猫を飼い始めた。

ダイイングメッセージとして使うためだ。

おれ佐藤太郎《さとうたろう》は実家通学のK大学四回生。探偵小説研究会に所属する。先日、大学の食堂で少し目を離した隙《すき》に、何者かがおれのバッグにメッセージカードをさしこんだようだ。

《殺す。地獄に落ちろ。》

殺害予告だ。本来交番に相談すべきだろうが、命を狙《ねら》われる理由に心当たりあるおれは躊躇《ちゅうちょ》した。

殺害予告者として心当たりある人物は二人。二人ともK大学探偵小説研究会会員だ。

一、鈴木黒子《すずきくろこ》という後輩の女。先月、鈴木の下宿でおれを含む何人かが飲んだ。酔ったおれはつい、ふざけて鈴木の大事な本を燃やしてしまった。おれは平謝りした。表面上は許してくれたが、はたして。

二、高橋小根六《たかはしこねろく》という同回生の男。高橋は下宿の目立つ場所に貯金箱を置き、そこに不定期に千円札を貯《た》めていた。おれはときどきその千円札を盗《と》った。本人が枚数を数えていないようだったので、少しならバレないと考えたのだ。しかし先月、とうとう貯金箱が空に。さすがに盗難に気づかれた。高橋はおれを怪しんだが、証拠はない。おれは否認した。けれども高橋としては……、である。

どちらの場合も警察に相談するとおれが痛い目に遭うかも。なので躊躇する。

が、本当に殺された場合、もう暴露してくれてかまわない。殺人者の正体が曖昧《あいまい》になるよりマシだ。というわけで、おれはダイイングメッセージの準備を始めたのであった。

今日、黒猫がはじめてわが家に来た。

自室で黒猫の写真を撮ったあと、おれは黒猫に話しかけた。

「この写真、印刷したあと、財布に入れておくからな」

準備の一環として、黒猫を飼い始めたことを周囲に知らせておこうとも思う。たとえばおれが犯人に刺されたとき、瀕死《ひんし》のおれが野良猫の写真をいじりだしたら犯人が〈どういうことだ？〉と疑うかもしれない。しかしペットの写真なら〈最近飼いだしたとはいえ、心の支えだったのだろう〉で済むと期待できる。告発のメッセージであると気づかれにくい。

もし犯人が鈴木黒子なら、写真の黒猫の一部を塗るなり破るなりするつもりだ。勘のいい刑事は〈クロネコの一部を消すとクロコ。鈴木黒子が怪しい〉と気づくだろう。もし犯人が高橋小根六なら写真の下から上に矢印を残す。〈クロネコを下から読むとコネロク。やや つ〉となるだろう。

キーワードは黒猫！

クロコとコネロク、どちらも黒猫から連想しやすい名前でよかった。

おれは黒猫に向かって、

「いい考えだろ？」

という。おれの膝《ひざ》の上で猫がにゃんと鳴いた。

そのとき……、ミシッ。廊下の軋《きし》む音が聞こえた。見ると、わずかに開いた自室の扉に人影があった。

「え……」

おれは黒猫と目をあわす。じつは今日、家族は家にいない。明後日《あさって》の朝まで帰らない。ペットのことを家族に教えるのも明後日のつもりだ。

もう一度扉を見ると、人影は消えていた。

おれには扉を半開きにする癖《くせ》がある。さっき帰宅したとき、きちんと玄関の戸締まりをしただろうか？

普段から自室にあるバットを持ち、おれは廊下に出た。人影はもう見当たらないが、死角に位置する玄関のほうから音がした。扉を乱暴に開ける音だ。

おれは玄関に。

玄関の扉は何者かによってめいっぱい開かれており、外が丸見えになっていた。閉める余裕がなかったのだろう。往来の曲がり角を何者かが曲がって姿を消す直前だった。あまりに一瞬のことだったので、それが誰であるか、判別できなかった。だが、その手にキラリと光る刃物を持っていたことは強烈に印象に残った。

あの人影こそ殺害予告者！　鍵《かぎ》のかかっていない玄関から中の様子を覗《のぞ》いたきゃつは人がほとんどいないと踏み、思い切って侵入したのだろう。もしおれがうたた寝でもしていたら、あの刃物で刺されていた。殺意はモノホンだ。

翌日の夜、飲み会が催された。探偵小説研究会十人ほどの飲みで、鈴木も高橋もいた。おれは例の目的で切りだす。ペットのことを誰かに話すのはこれがはじめてだ。

「じつはおれ、猫を飼い始めて」

「へえ……、あっそう」

と、高橋がいう。鈴木が口を開く。

「ところでみなさん、今年の文化祭について何か案はありますか？」

「また同人誌作ろうよ」

と、誰かがいう。でも原稿集まるかな、という声もする。みなが口々に文化祭について話しだす。

おれのペットの話題はあっという間に流されたようだ。写真を見せるどころではない。

これを契機に、おれは急に、ダイイングメッセージ計画に対して冷め始めた。……警察、メッセージに気づかないんじゃなかろうか。死後に事情を警察に伝えたいなら、紙に書いて机に入れておくほうがよさそうだ。だのに、瀕死のときにしあげる暗号の準備として黒猫を飼うだって？　おれは何を考えていたのか。そもそも、殺されたくないのに、殺されたあとのことしか考えていないのが……。

鈴木がいう。

「黒猫はなんという名前ですか？」

突然のことで、おれはつい、

「え？」

「佐藤さんが飼い始めた黒猫ですよ。あっ、高橋さん、あの映画行ったんですか？　あたしも行きました。ああいうの大好きです！」

せっかくの好機だったが、ダイイングメッセージ計画に魅力を感じなくなっていたこともあり、活《い》かすことができなかった。またしても別の話題に場を支配された。

おれは席を立ち、気分転換に便所の洗面台で顔を洗った。便所探しに時間がかかったため、戻ってきたとき、場の様子はやや変わっていた。雰囲気はいっそう緩《ゆる》み、二、三人ずつで別々の話をしていた。

おれは自分の焼酎《しょうちゅう》を手に取り、一気に飲み干す。えらく苦いな、と思った。気分が悪くなった。飲み干したことを後悔した。

薬だ！

おれが席を離れているあいだ、殺害予告者は隙を狙っておれの焼酎に薬を盛ったのだ。

黒猫を！　黒猫を！　うすれゆく意識の中でもおれはダイイングメッセージ計画のことを忘れていなかった。が、誰の名を残したらいいのか、わからない……。

＊　＊　＊

＝学生犯罪特集ウェブサイトより引用＝
X日、飲み屋から病院に運ばれたK大学の学生・佐藤の死亡が確認された。同大学の学生らと外食していたが焼酎に睡眠薬を盛られ、それが死因となった。
警察は体内からその強力な睡眠薬の特殊な成分を検出し、薬の種類を特定。国内販売ルートを洗ったところ、飲み屋にいた《?》が直前に購入していたことが判明した。
やがて《?》は法廷で、自分が佐藤を殺したと認めた。

＊　＊　＊

■読者への挑戦状■
以上が問題編だ。ウェブサイト引用部分にある殺人者の名は問題のために《?》に置換した。読者諸氏よ、《?》にあてはまると思う名を挙げてみたまえ。

単独犯である。殺害予告者と侵入者と殺人者が同一人物であることも前提としてよい。

キーワードは黒猫。

たしかに決定的な証拠ではないかもしれないが、しかし、手がかりとしてひっかかる点が提示されている。表現の意図を読みとった人なら殺人者の名を挙げることができる。

（解答編はこの先←）

■解答編■
＝意識が薄れる佐藤太郎＝

黒猫を！　黒猫を！　うすれゆく意識の中でもおれはダイイングメッセージ計画のことを忘れていなかった。が、誰の名を残したらいいのか、わからない……。

そう思ったものの、ふと、気づいた。

鈴木黒子の言葉だ。鈴木はさっき〈黒猫はなんという名前ですか？〉といっていた。

キーワードは黒猫。

おれは猫が黒猫だといっていない。写真を見せてもいない。家族にすらまだ伝えていない。鈴木が〈猫＝黒猫〉を知っているのは、昨日おれの家に侵入し、おれの自室を覗き見たからだ！

法廷であればこの証拠一つで決着をつけるのは難しいかもしれないが、おれがどう判断すべきかという個人的な話に限れば別だ。いまの場合、充分に怪しいひっかかりといえる。

鈴木こそが犯人！

本を燃やしたおれのことを、鈴木は殺したいほど憎んでいたのだ！

この場合、写真の黒猫の一部を塗るなり破るなりするという計画だった。写真は財布の中。よし、やろう……。いや……、無理だって。もう身体《からだ》は動かないって。そりゃそうだろ……。おれがやるべきだったのは、ダイイングメッセージの準備ではなかった。他人の本を大切にするってことだった。本を燃やしたりしてはいけない。

冷たい牢獄《ろうごく》より

河村拓哉

黒猫を飼い始めた。

今朝、飼うように命じられたのだった。女が置いていったのは、ぽわぽわの黒毛の、特別かわいい子猫だった。猫はしばらく、部屋の壁際で不安そうに目をうるませていたが、コンクリートの壁や床からの寒さに耐え切れなかったのだろう、私のところに寄ってきて、胡座《あぐら》の上に陣取った。そしてそのまま眠ってしまった。この気温だ、暖を優先して、私を怖がることを諦《あきら》めたのだろう。

体勢を崩せないまま昼になった。あの女がまたやってきた。女は鉄格子の前に立ち、手帳を開きながら話す。

「まだ殺してないようね」

まだ、は余計だ。抗議の表情、目を釣り上げる。

「怒ってるの？　怒りは望ましくない感情よ。それ自体望ましくないのはもちろん、我々は既にあなたが怒りというものを知っているのを知っている、という意味でも」

何も話せないので私は黙る。

どうやら、この女の業務は私の持つ感情のリストアップだと思われるのだ。これまでも日々檻《おり》のそばに来ては、私の種々の感情を誘起しようとした。

「まあいいわ。猫を足に乗せるなんて……愛着が湧《わ》いたの？」

愛着。それが今の私の中に探された感情のようだ。私が持っているかどうか、この女には分からない感情、愛着。猫を殺さないことなど愛着未満の分別に過ぎないとは思うが、このテストは至って真剣のようである。

私は子猫を愛せるかを試されている。

まあいい。ポーズを見せるに越したことはない。私は小さな黒猫を目を覚さないように優しく撫《な》でる。

「自分で握《にぎ》り潰《つぶ》すのはやめてね」

握り潰す、の言葉は、わざわざ明瞭《めいりょう》に発音された。女は自身の望ましくない感情を、自覚的に支配しようとしていた。


昔のことはあまり思い出せない。親に捨てられて、どうにか生きていたから。印象に残っているのはただ空腹と寒さで、具体的な思い出のようなものは持ち合わせていない。

ねぐらとした山から時折下り、近隣の小屋から食料をくすねた。落ちている雑誌を拾って言葉を覚えた。とにかく見つかってはいけなかった。捕まったらひとたまりもないと分かっていた。

そうやって命だけ繋《つな》いでいると、次第に体が大きくなっていった。幼少期の嬉《うれ》しいことなど体が大きくなることだけで、それは肉体的な成長自体に他《ほか》ならなかった。体が大きくなると、寒さは和らぎ、倉庫も襲いやすくなった。体積あたりの表面積が小さくなるのだ。筋肉は熱を産生し、肌は熱を逃さない。村人に見つかりやすくはなったが、なんのことはない、勝てば良かった。私は厳しい世界に生きていた。文明に慣らされた貧弱な農民など、束《たば》になっても問題ではなかった。彼らは大いに怒り、しかしそれを私に直接ぶつけられる手段は持っていなかった。

夜になった。小さな窓から月が見える。鉄格子がはめられた窓にはガラスが無い。氷点下の外気がそのまま部屋に流れ込んでくる。人ならざる扱いの寒晒《かんざら》しである。私はそれでも構わないが、猫は、かわいそう。

昼過ぎから今まで、猫はときたま目を覚ましてはキョロキョロして、けれども寒さのために私から離れることができず、動けないからまた寝てしまう、ということを繰り返していた。だから私はずっと動かなかった。愛着というものの対外的な実証のためであり、同時にあまりの退屈のためである。牢屋《ろうや》には何もなかった。鉄格子とコンクリートの檻は、私に思索に耽《ふけ》ることしか許さなかった。暇潰《ひまつぶ》しを与えた方が、脱獄という悪事に思考が回らないだろうにと、管理者目線で思う。

ニィ、と子猫が鳴いた。クリクリした目で窓の外を見ていた。私の頭の中は、どうやって寝ればこの猫を寝返りで潰《つぶ》さないかという思考で満たされていく。

*

朝になった。細切れの睡眠だったが問題ない。私の分まで猫は寝られただろう。

女が来て、私が胡座の上に猫を乗せて撫でているのを見た。しばらく無言で立っていた後、

「……人を殺した手で、そんなことしないでよ」

と漏らした。

殺した。

数を集めても勝てない農民は、ついに間接的な手段を選んだ。軍が呼ばれた。各種の近代兵器を揃《そろ》えた部隊は、強かった。どうにか攻撃をかわし、あるいは先制して武器を破壊しつつ、私は雪の残る山に逃げ込んだ。彼我の土地鑑の差を考えれば、彼らは追ってこないはずだった。

一人だけ、追ってきた。何が彼を駆り立てたのか分からない。義憤のためか軍功のためか、私は彼がどういう人間かを知らない。ただ、私は岩陰《いわかげ》に隠れ、背後から彼を襲った。今

でもその感触を覚えている。

私は猫から手を離し、自分の手のひらを見た。深く皺《しわ》の刻まれた、灰色の手。人を襲った汚れた手。それでも私にとって、この手のひらが一番効果的に熱を伝えられる場所だった。だから、猫に手を戻す。暖かさを伝えてやる。それを見た女はしばらく黙考して、どこかに電話をかけ始めた。

――ええ、確認できたでしょう、あります――はい、次の段階にですね――手筈《てはず》では――変更？　――本当ですかそんなこと許していいはずが――今夜⁉――

口論のようだ。横から聞いて論理が追えない議論ほどの雑音はない。私はつとめて猫にかまう。小さな耳を覆《おお》って守ってやる。

しばらく騒いでから女は帰っていった。また静かになった。

昼になると少し暖かくなり、さすがに同じ場所にいるのに飽きたのだろう、黒猫が動き出す。なるべく寒くないところを探して歩き、窓から差し込む僅《わず》かな太陽の光を浴びる。牢《ろう》では寂《さび》しかろうと思う。

窓枠の外側に鳥が止まった。チチチ、と鳴いている。黒地に赤の差し色の、きれいな鳥だった。猫は初めて宝石を見たように、いや比喩《ひゆ》ではない、初めて宝石を見て釘付《くぎづ》けになり、窓に近づいていく。しかし鳥はその動きに気づき、飛んでいってしまった。

私には見慣れた鳥だった。味まで知っている。猫はまだ窓枠を見続けている。希望が失われることは、希望を知らないことよりずっと辛《つら》い。私は猫がかわいそうになった。こんな狭い獄に閉じ込められて。今までだって思ってはいたけれど、同情の感覚が私の中で確かに輪《りん》郭《かく》を得た。暴《あば》れ回って捕まった私とは違う。可能性を（見せるだけでなく！）確かに与えられないことは、否定だ。きっとどうにかして逃してやろう。人里まで辿《たど》り着《つ》ければ生きていけるだろう。


夜になるまでずっと猫を逃してやることを考えていた。私の中には、分別なんか超えて、確かに愛情があった。愛着ではない。愛着は離れ難いという感情だ。私はこの猫を逃そうとしている。もっと上等な感情なのだという自負がある。

あの女がやって来た。隣には白衣の男を連れている。男の方が年嵩《としかさ》で、地位が高そうだ。

「猫はまだいる？」

女は声を震わせながら言う。私は猫を見せてやる。私の手の中で眠っている黒のふわふわ。

女は黙っている。男が、あー、と勿体《もったい》ぶってから嗄声《かれごえ》を出す。

「猫を殺せ。悲しみを感じるか分かる」

そういって女を指差し、けしかける。

「殺せ。目の前で、握りつぶせ。やり返してやれ」

「……しかし」

「案ずるな。子猫の頭蓋《ずがい》など、それほど硬くない。不安なら、事前に罅《ひび》を入れておけ」

女は黙って俯《うつむ》いている。男は白衣を翻《ひるがえ》して、用は済んだと歩き出す。子猫がニィと小さく鳴いた。

怒りが私の身体《からだ》を巡る。これを飼い慣らすのはなるほど難しい——どうにか男が部屋を出るまで耐え、私は動く。

今だ。油断しているだろう。私が人語を完全に解するとは、知らないだろうから。


脱獄だ！

私は筋肉に力を込め、窓の鉄格子を引っ張る！　引っ張ると鉄格子は簡単に剝《は》がれる！

メリメリと軋《きし》む音を立てて鉄は曲がり、それからバキリと取れた！　脆《もろ》すぎる！！！

女が声にならない声をあげる！　叫び声の幼虫のような、喉《のど》から息の漏れる音！　圧倒的な力を目にしたときの、本物の恐怖！！！

私は実はイエティだったのだ！！！！

筋肉！！！！

女はガタガタ震えながら、どうにか手には護身用だろうか拳銃《けんじゅう》を構えている。震えに伴って、歯が小刻みに当たる音が聞こえる。男の声が遠くから聞こえた——筋力が予想の10倍はある、危険だ逃げろ——と喚《わめ》いている。まだ本気の3分の1しか出していないので過小評価である。

銃で撃たれてはたまらない。私は弾を避けられるし、最悪当たっても頑張れば耐えるが、万一跳弾などで猫に当たると困る。私は部屋の反対側で小さくなっていた猫を摑《つか》むと、窓だった穴からリリースした。どうか達者で！

それから、私と女、二人だけになった。

「どうして力を隠してたの。そんなに強いなら、なぜあの時、捕まったの」

どうにか女は言った。

私には上等な声帯が無いから答えない。ただ、あのとき手の中でほぐれた頭蓋の感触、その虚《むな》しさに暴れる気を無くしただけだった。

私は思い出し、軍人から剝いでおいた徽章《きしょう》を脇《わき》の辺りの毛から取り出すと、地面に置いた。彼は私を捕らえ、この徽章をもっと良《い》いものに替えたかったのかもしれない。これには関係なく、ただ好奇心だったかもしれない。今では分からないことだ。

女はしばらく無言でいた後に、天井に向けて銃を撃った。それは号令のように私の背筋をかけめぐり、私を走らせた。しばらく夢中で駆けて、気づくとよく知った山に帰ってきていた。もう逢《あ》うことのない女の輪郭が記憶の中で溶けていった。赤い鳥が飛んでいった。

アリサ先輩

秋竹サラダ

黒猫を飼い始めた。

「名前はローズヒップだから、よろしく」

同居人のアリサ先輩に言われてそう呼んでいるが、正直このアパートには似つかわしくない。なにせ六畳一間の和室物件で、薔薇《ばら》より盆栽の似合う空間だ。

「もお、さらに狭くなるじゃないですか！」

先輩が猫と一緒に帰ってきた時、私は文句を言った。ここは大学生が一人で住むには充分だが、二人で住むにはちと狭い。

「いまさら猫一匹分くらい余裕だろ。それとも嫌いか、猫」

ほれ、とアリサ先輩は両手で抱《かか》えた猫を突き出す。雑な扱いだが、先輩を嫌がる様子はない。元から人間に慣れた猫なのか。ローズヒップとやらは成猫で、革の首輪をしていた。

「猫は好きですけど……」

せっかくだし、私は人差し指を伸ばす。首元を撫でると、黒猫は金色《きんいろ》の目を細めてひと鳴きした。

卑怯《ひきょう》なくらい可愛《かわい》い。それだけで、飼うのに反対する選択肢は消えてしまった。

「よし、決まりだな」ニヤリと先輩が笑う。

「決めるのは大家さんですよ」

勝手にペットを飼うのはいただけない。ただ、大家さんは学生に甘い。

翌日、猫を飼う許可が出た。いざ大家さんに話したら、「好きにしな」の一言で済んだ。

そうして、二人と一匹の共同生活が唐突に始まった。


「この子、人懐《ひとなつ》っこいですね。猫ってそっけないイメージですけど」

ローズを飼い始めて二週間が経った。初対面の時もそうだったが、私が撫でても逃げたりしない。

「それは猫によるなぁ。まあ、ローズは大人しいし、気品もある。良《い》い猫だろ」

夕食後、すぐ横になっていたアリサ先輩がのんびりと言った。なんともだらしない姿だ。

「おしとやかな黒髪の令嬢って感じですね。先輩とは正反対で」

「あのなぁ、そもそもローズは雄だ」

ちなみに先輩は黒髪ではないし、眉毛《まゆげ》までこまめに脱色している。

「……いまさらですけど、ローズってどこから連れてきたんですか。この首輪、よく見たらハイブランドじゃないですか」

ふと気がついた。ローズの首輪には、有名なブランドのロゴマークが刻印されている。値段を調べたら、アパートの家賃が余裕で払える金額で驚いた。

「ああ、それな。……気になるか」

頭を掻《か》きながら、先輩が起き上がった。

「そりゃあ、もちろん」私は頷《うなず》く。

「なら、散歩しよう。ちょうど夜だし、雨だし」

「何がちょうどなんですか」

「傘を差したい気分でな。付き合え」

窓を開けて確認すると、細かな雨が降っていた。

「先輩って雨女だったりします？　なんか散歩に誘われる時って、いつも雨が降っているような」

「いいから、ほら、行くぞ。ローズを拾った場所に案内してやる」

そう言うと、先輩は外へ出ていった。私は後を追う。

強引だが、割と慣れた展開だった。先輩は散歩好きで、普段からよく誘われる。ただ、天気の悪い日や夜ばかりなのがいただけない。

「ローズって、捨て猫だったんですか」

アパート前の通りで待っていた先輩に追いついて、私は訊ねた。

「いつも散歩で行く場所あるだろ？　あの辺りで保護したんだ」

「ああ、町外れの丘ですね。……資産家の住んでいるっていう、無駄にでかい家の建っていところ」

町外れの小高い丘の上には、近隣で有名なお屋敷《やしき》が建っていた。

「そのとおり、馬鹿《ばか》でかい家だ」

散歩する時、先輩は決まってその周辺に私を連れて行く。

「先輩、知ってますか？　あそこに建つ屋敷、一人娘のお嬢様が家出中らしいですけど」

「ふーん」

「興味なさそうですね」

「まあな」

関心がないのか、先輩の反応は薄い。

雨の降る夜道を二人で歩いた。道中では、将来に関するあれこれをぼんやりと話した。

現在、私たちは美術大学に通っている。先輩は不明だが、私は親の反対を押し切りわがままで入学していた。

美大は一般の大学より学費が高い。奨学金とバイトでなんとかしているが、講義の制作課題も忙しい。だから、大学とバイト以外のことはろくにできず日々を費やしている。悪いわけではないが、これといった行動も起こせず、たまに不安になった。

「この辺りだよ、ローズを拾ったのは」

坂道に差し掛かり、登ったところでアリサ先輩が立ち止まった。

丘の頂上付近だ。近くには、例の屋敷を囲む背の高い塀がある。

「屋敷にこんな近い場所で拾ったんですか。それって――」

私は言いよどむ。ふいに、光に照らされたからだ。屋敷の正門に設置してある人感センサー付きのライトが反応したらしい。

眩《まぶ》しさと同時に周囲の様子が目に入る。そして、門柱の脇に張り紙を見つけた。

「先輩、これ！」

私は張り紙にひっつく勢いで近づき、思わず声を大きくした。

「ああ、よほど大切らしいな」

動揺する私と違い、先輩は至って冷静だった。

張り紙には、猫の写真が載っている。革の首輪に金色の目、黒い体毛。ローズヒップと瓜《うり》二《ふた》つだ。加えて、「猫を探しています」という言葉がでかでかと添えられている。謝礼金についても記されていた。これまたびっくりするような金額で、私は天を仰いだ。

「探しているって。かかか、返さないと」唐突な情報に、声が裏返る。

「まあ、落ち着け。一度、アパートに帰って確かめよう」

「そう言われても。むしろ先輩、よくそんな落ち着いていられますね」

先輩の表情は傘で隠れて窺《うかが》えない。よほど濡《ぬ》れたくないのか、身体に傘を密着させているようだ。

とにかく、私はスマホで張り紙の写真を撮った。写真を保存すると同時に、屋敷の方から物音が聞こえてくる。

「どなたかいらっしゃるのですか。お嬢様？」

老齢な男の声だった。玄関から人影が出てきて、こちらへ近づいてくる。

「まずい、使用人だ。逃げろ！」

途端に先輩が叫び、私の腕を摑んで走り出した。一目散に駆けて、丘を下っていく。足を止めたのは町中まで戻ってからだ。誰か付いてきている様子はない。

「先輩、屋敷から出てきたのが使用人だって、よくわかりましたね」

「それは、……まえに散歩した時に見かけたことがあっただけだ」

小雨《こさめ》は降り続けていたが、いつの間にか先輩は傘を畳んでいた。


「やっぱり、ローズで間違いないですよ。この探し猫は」

アパートに帰り着き、写真とローズを再三確認して出た結論はそれだった。

「みたいだな」アリサ先輩も同じ結論を得たらしい。

「それなら、あの屋敷へ、飼い主のもとへ返さないと。大方、娘が家出して寂《さび》しいとかそういう理由で飼い始めた猫なんじゃないですか？」

当然、返すべきだろう。こちらだって寂しいが、これぱかりは仕方ない。

当のローズは穏やかなものだ。机の下でくつろいでいる。

「もしかしたら、自分から出ていったのかもしれないぞ」

「真面目《まじめ》に話しているんですよ、先輩」

「わかったわかった。私が返してくるよ。おまえ、明日はバイトで忙しいだろ」

先輩の言葉に私は頷いて、その日はお互い眠りについた。


翌日、バイト先から帰宅しても、ローズヒップは依然としてアパートにいた。

「どういうことですか」

訊ねると、先輩は「まあ、話を聞けよ」と言ってきた。

「あの張り紙、調べたら古いものが残っていた。昨日、屋敷の前で見つけた新しい張り紙では、その古いものより謝礼金が上がっているんだ。ほんの一週間で増額している」

「何を呑気《のんき》に分析しているんですか。それくらい大事な猫ってことですよ」

貧乏暮らしをしている学生からしたら、謝礼金は破格な金額だった。

「なあ……おまえ、留学したいんだろ」

出し抜けに、アリサ先輩が切り出した。

「なんですか、急に」

「だったら、あの謝礼金だ。すぐにはローズを返さないで、もう少し謝礼金が値上がりするのを待つんだ。そうしたら結構な金額になる。それを使えばいい」

唐突な提案だった。冗談かと思いきや、先輩は真剣な表情をしていた。

「そんなこと……」

私は言葉に詰まった。理由は単純で、迷ったからだ。

私たちの通う美大では、毎年秋ごろに優秀な学生を対象とした海外への短期留学制度を設けていた。留学先で制作された作品は、注目度の高い展覧会に優先して選ばれる。実績となるし、作品が目に留まり名前を売るチャンスにもなる。

ただ、お金が必要なのが世の常だ。補助金が出るとはいえ、費用の半分は自腹となり払えなければ留学できない。いくら成績が良くても、泣く泣く諦《あきら》めざるを得なかった。

「卒業したら、芸術家集団が所属する有名な工房へ入りたいって言ってたよな」

先輩が指摘したのは、まえに私が口から漏らした将来の展望だった。

「それは、夢の話で」

いわゆる芸術家になれる存在なんて、ごく一握りしかいない。美大に進む人間も、大半はそれを承知で入学している。私だってそうだ。

「本気じゃないのか」

「だって、現実的に考えたら無理ですよ」

「嘘《うそ》だな。だったら今の生活はなんだよ。学校に通うために切り詰めてバイトして、本気だからやれてるんだろ」

先輩は、私の心の内をあっさりと見抜いてきた。

私は何も言えなくなって、俯《うつむ》くしかない。他人と本音で向き合うのは苦手だった。

「ローズは預かっているだけだ。少しだけ返すのは遅れるけど、きちんと家に返す。あとほんの一、二週間でな」

結論は出た、というふうに先輩は外出してどこかへ行ってしまう。

留学制度の選考結果が発表されるのは、ちょうど一週間後だった。

あっという間に一週間が経った。その間、先輩と何を話して生活していたかあまり覚えていない。別にケンカをしたわけではないが、少しギクシャクしていた。

ローズは相変わらず家にいる。謝礼金がどうなっているのかは知らない。そして、発表された留学制度の選考結果には、私の名前が載っていた。

「良かったじゃないか」

先輩に結果を伝えたら、素直に喜んでくれた。

「でも、辞退しようと思っています。それで、ローズも家に返しましょう。やっぱり悪いですから」

この一週間で悩み、考えた答えを私は伝えた。

「……わかった。おまえが決めたならそれでいいよ。ただし、留学のために使わないなら謝礼金も受け取らない。こっそり敷地内に放り込んでローズは家に返す。それでいいか」

「はい、それでいいです」私は肩の力を抜く。

「だったら、さっそく返しに行くぞ。ローズはおまえが抱っこしろ、ほら」

先輩が足下のローズを抱き上げて、こちらに差し出した。

私は窓から外を確認する。

「あの、先輩が返してきてくれませんか」

申し訳ないですけど、と頼んでみる。差し出されたローズを、私は受け取れなかった。

「…………」

「あの……」

「今日は晴れてるもんな」

先輩はローズを腕に収めると、そのままアパートを出ていった。

そう……今日は晴れていて、時間も昼間だ。夜でも、雨でもない。顔を見られては困る。

私はまだ、ここで先輩と夢を見ていたい。

登美子の足音

矢部 嵩

黒猫を飼い始めた。

家族皆で飼うことになった。

私も世話には参加していたが、猫との暮らしには戸惑うことが多かった。生き物を飼うことも初めてだったし、急な話だったので心の準備も出来ていなかった。ペットを飼うこつだとか心構えのようなものを、誰かから一度聞いてみたいという気がした。

幼馴染の丸山文字子の家に確か猫がいたはずなので、休み明けの学校で話を振ってみることにした。

「最近どうよ」

「少し寝不足」私はフェンスにもたれかかった。「最近うち猫飼い始めてさ」

「本当に？」スマホから文字子が顔を上げた。「成絵猫とか好きだったっけ」

「私ってより家族で飼い始めたの」屋上で私たちは昼食を食べていた。フェンスの下から球技の音が聞こえた。「あんたんちも猫飼ってたよね」

「飼ってるよ。写真見る？」

「写真はいいけど話聞きたくてさ。猫って飼うの大変じゃない？」

「大変だよ猫」文字子が頷《うなず》いた。「どんなとこ大変？」

「色々だよトイレの世話とか。げろの処理とか。でも何ていうか結局は話通じないとこ。いうこと聞かないし。そういうもんだろうけど」

「その内意思疎通できるようになるよ」文字子が体をこちらに向けてきた。「猫ちゃん可愛《かわい》い？」

「憎くはないね」

「子猫？」

「子猫」

「なんて猫？」

「判《わか》んないけど黒猫だよ」

「うちも黒！」文字子が驚いた。「奇遇じゃん。きも！」

「黒猫って多いの？」

「どうなんだろう」二人で目次を見た。「どうして黒猫飼うことにしたの？」

「親が人から貰《もら》ってきたの。職場の人が捨て猫拾って、貰い手がなくてうちで飼うことに」

「うちの子も捨て子！」文字子がいった。「団体？　組織？　的なとこから貰ってきたの」

「黒猫って捨てられやすいのかな」

「そんなことないよ真っ黒かっこいいじゃん」文字子が私の牛乳を飲んだ。「なんて名前なの成絵んちの子」

「メロンって呼んでる。瞳《ひとみ》が黄緑色だから」

「へーセンス。目の色はうちと違うね」

「目の色何色？」

「目の色黒だよ」

「目の色も黒？」私は一度考えた。「瞳孔《どうこう》の話？　虹彩《こうさい》の話？」

「全部全部」文字子は即答した。「全部黒だよ」

「じゃあ真っ黒じゃん」

「黒猫だもん。口ん中もべろも黒いよ」

「歯は？」

「黒いよ」

「さっきから嘘《うそ》いってる？」

「本当だよ」真顔で文字子はいった。「暗いとまじでいる場所判んないもん」「肉球は？」

「肉球も黒いよ」

何か色素のそういうやつなのかなと私は思った。「名前はなんていうの？」

「登美子」

「人間みたいな名前」私はパンを囓《かじ》った。「登美子も吐《は》いたりふんしたりする？」

「人もするでしょふんは」文字子がごはんを頬張《ほおば》った。「覚えりゃ猫もトイレでするよ。教えなきゃ人もトイレじゃしないよ」

「しつけ次第ってこと。じゃあ登美子は臭《くさ》くないんだ」

「登美子は超臭い」「臭いんじゃん」「風呂《ふろ》嫌いだからかな。何か全身から常に石油かガソリンみたいな臭いする」「まあまあ最悪じゃん」

「いいにおいだけどねもはや」判らないことを文字子はいった。「メロンは今幾つくらい？」

「多分六ヶ月くらいだって。子猫って程じゃもうないのかも」風が吹いて私は髪を押さえた。「最初よりは大きくなったんだけど、踏んじゃいそうで普通に怖い」

「歌みたい」文字子がすねを掻いた。

「急に子猫がうちに来たから、意識が全然出来ていないの。ドアとか乱暴にしめそうになるし、変なとこいると踏みそうになる」私は文字子を見た。「そういうことってない？」

「あるかな」ないかもと文字子はいった。「登美子けっこう大きいんだよね」

「でかいんだ」「でかいよ。でかいし長いし。上乗られると息できないもん。こないだ二階で足音がしてお父さんいんのかなって見に行ったら登美子だった」「太ってるの」「縦もあるよ登美子は。こないだ私がテレビ見てる時に登美子が目の前横切ったんだけど、顔が横切ってしっぽが通過するまでに映画のエンドロ終わってたもん」

「蛇なんじゃないの」

「猫だよ登美子は体毛あるし」

「何食ったらそんなでかくなんの」

「何か色々外で食ってるみたいなんだよな」文字子はぼやいた。「皆すぐ大きくなるんだよ。今だけだよきっと」

「登美子って今何歳なの？」

「忘れたけど二十ちょいくらい」

「うちらより年上じゃん」

「だよ。私生まれる前からいるもん」

「じゃあもう結構おばあさん猫なんだ」

「あんまりそんな感じしないけどね。今でも一緒に散歩とか行くし」

「猫って人と散歩するんだ」

「するよ普通に。見たことない首輪にリード付けて」

「犬みたい」

「個体差だろうけど登美子は好きみたい。黙っててもいつもしっぽが動いてるの」

「犬みたいだ」

「よその猫に遭遇すると吠《ほ》えちゃったりして大変だけど」

「犬の話してない？」

「猫だよ登美子は木とか登るし」文字子がいった。「なんの話だっけ」

「猫で悩んでるって話」

「何で悩んでるの」

「メロン来てから家がすごくて。猫って爪《つめ》あるじゃん」

「ある！」

「家具もソファもぼろぼろなっちゃって。引っかけて登るから壁もカーテンも傷だらけだし」自分の家がぼろぼろになるのが普通に私は悲しかった。「文字子んちはどうしてる。対策とかある？　荒れるに任せてる？」

「高いとこ行くのって習性なんだって」文字子が箸《はし》で宙に絵を描いた。「運動しないとストレスなっからね。器具とか買ってあげたらいいよ」

「何だっけタワーとか？」

「そうそう。登れるもの。カーテン行かないように」文字子が頷いた。「うちはネットで買った止まり木をリビングの角に置いてるよ」

「そうなんだ。登美子使ってる？」

「使う使う」大活躍だよと文字子はいった。「駆け上がったりぶら下がったりしてるよ」

「へえ」

「二個買って対角に置いてるんだけど止まり木から止まり木に飛び移ったりするの迫力あるよぶわって」

「何か鳥類の話してる？」

「猫だよ登美子は足四個あるし」

「猫は宙を飛ばないだろ」

「程度問題じゃんそんなの」呆《あき》れ顔で文字子が肉を食べた。「メロンは内飼い？　外に出したりはしないの。外出せば家でそんな運動しないかもよ」

「うん」私は返答に困った。「でも駄目だよ。近所迷惑だし。事故とか迷子も怖いし。皆多分反対すると思う」

「そっか」

「登美子は外飼い？　放し飼い？　なんだよね。事故迷子怖くない？」

「近場はもう知り尽くしてるみたい。集会とかも出てるみたいだし」

「虫とか取ってきたりする？」

「登美子はしないかな」

「外歩いてきて家ん中も入るんでしょ。家の中もっと汚れちゃわない」

「平気だよ帰ってきたら靴脱ぐし」

「靴？」

「他に悩みは？」

「まだあるよ悩み」私は考えた。「そもそも私猫の飼い主になりたくないの」

「何で」

「猫の飼い主ってわりと皆頭おかしいじゃん」

「そんなことはないよ！　人間は皆（黒猫を飼い始めた）だよ！」

「だってそうでしょ。猫に日本語で話しかけたりするじゃん。猫が日本語判るわけないじゃん。猫の言語を扱う人もいるかもだけど、日本語で話してもこちらの文意は伝わるわけがないじゃん」思考を上手《うま》く言葉に出来ず考えながら私は喋《しゃべ》った。「反対に猫の考えてることも正確に判るわけはないじゃん。違うこと考えてるかも知れないのに、飼い主側は解釈したり、判ってるっぽい感じ出さざるをえないじゃん。いってること判る？」

「判んない！」

「猫と飼い主ってコミュニケーションしてるのかな。全《すべ》ては人間の創作な気がして。猫は言語で考えてないのに、人側は猫の思考を言語化してみせたりするじゃん。それって猫をモデルにした二次創作じゃん」私は文字子を見た。「それって危険なことじゃない？」

「それが悩みなの？」

「一大事じゃん」私は迷った。「物の見方が自分じゃないの？」

「そいつはそうだが」

「猫が主人で人が家来だとかいうじゃん。嘘じゃないかと最近思って。コミュニケーションを取れてるならそう説明できるってだけで、実際は人も猫も通じ合っていないだけなんじゃないのかと。猫って本当に王様なのか。ただ軋轢《あつれき》があるだけなんじゃないか」

「あんまよう判らんけど猫と人が判り合えないんじゃないかってこと？」

「部分点だけどそれが怖い」

「怖いの」大丈夫だよとあほづらで文字子が口にした。「こっちのいってることは結構伝わるし、あっちの考えてることは結構判るよ」

「判るという幻想だったりしない。だって猫だよ。コミュニケーション取れてるかなんて判んないじゃん」

「そうかな」

「そうだよ。一体何を以《もっ》てコミュニケーション出来てるとするの?」

「判んないけど」文字子は首を捻った。「でもコミュ力ないと難しいじゃん接客業って。接客やれてれば人並みにコミュニケーション取れてると考えていいんじゃない」

「何?」

「コミュ力がないとさ」

「何の話?」

「接客の話」

「何で?」

「接客って大変じゃん」

「誰の話?」

「登美子」

「働いてるの登美子?」

「うん」文字子は頷いた。「だってもう大学卒業したし」

私が黙っている間に文字子が昼食を食べ終えていた。

「結局成絵は何が嫌なの?」文字子が口を拭《ふ》いた。「臭いがあること? ぼろ家になること？　猫の心が本当は判らない気がすること？」

「私は」私は文字子のいる方を見た。文字子の口に髪の毛が入っていた。

「私はメロンを苦労に思うけれど、メロンの方でもそうなんじゃないか。私は猫に慣れないけれど、猫の方でもそうなんじゃないか。外にも出してあげられない、子供も多分生ませてやれない、殺処分よりましかも知れないが、うちに来るよりもっといいにゃん生がメロンにはあったかも知れない。私たちは撓《たわ》めあってないか。合わないところで削り合ってるんじゃないか。替えがないから耐えているだけで、自分があまり自由ではないとメロンも思っているんじゃないか」

「一緒に暮らすってそれでしょ。登美子だって家にお金入れてるし」

「猫が一緒に暮らしたいかは」

「ふん」文字子がスマホを取り出した。「猫の考え聞きたいなら話す？」

「何」

「呼んだら来るよ」

「呼ぶ？」

文字子が誰かと通話し始め、私は棒立ちのままそれを眺《なが》めていた。屋上だからと文字子が口にし、一分そこらで通話は終わった。「近くにいた。今から来るって」

「ねえ文字子」私はいった。「やっぱり写真見せて」

「写真て？」

「猫の」

「登美子の写真？」文字子はスマホをしまった。「いいけどもうすぐ本物が来るよ。本人に色々聞いたらいいよ」

「あんたんちの猫は何故スマホを持ってるの？」

「性格だとか好きな物とか、何を考えているのかとかさ。同じ猫でも色々違うかも知れないけれど、何かの参考くらいにはなるでしょ」空の弁当箱を文字子は鞄《かばん》にしまった。「普段はそういうこといわないんだけどさ、こないだ酔って帰ってきた時にいってたんだ登美子が。この家の子になれてよかった、拾ってくれたこと感謝してるって。組織から廃棄されそうになった時にパパママが助け出してくれたからこそ、今自分は識別番号でなく丸山登美子という一匹の猫として生きられるんだって」

分厚い風が屋上を通り過ぎ、空になった牛乳パックが扉の方へ飛ばされていった。私が咄《とっ》嗟《さ》に追い掛けようとすると、風に乗って石油やガソリンのような臭いが体にまとわりついてきた。立ち止まって振り返った時校門の方から甲高い悲鳴が上がった。大勢の生徒の靴の音や叫び声がこだました。

「来たよ」見もしないで文字子がいった。

校内放送が何かを喚起したが風が巻いていて上手く聞き取れなかった。屋内へ降りる扉へ近づくと階下から続け様に絶叫と物音が聞こえた。机や椅子《いす》の倒れるような反響音が続いた後で、扉の向こうがふいに静かになった。

階段を上がってくる足音が聞こえた。最初は人が二人いるのだと思った。並足で階段を上がれる巨大な四足歩行生物のごつっごつっという重たい靴の音が、屋上へ続く階段を上ってきていた。

磨りガラスの向こうに黒い影が立った。

扉の前で私は息をのんだ。

会社に行きたくない田中さん

朱野帰子

黒猫を飼い始めた。

それにしても、あの女は何が気に入らなかったんだろう？　娘を連れて出ていった理由がまだわからない。一部上場企業に勤務し、年収額面一千万の男性のヨメの座を手放して後悔はないのか。

「でも妻さんも一部上場企業勤務ですよね」

と、私にＬＩＮＥを送ってくるのは部下の水上である。仕事が暇なのか毎日のように送ってくるのだ。

「僕、田中さんの妻さんの会社に友達がいるんです。妻さん、プロダクトマネジャーになったそうですよ。すごい勉強しないとなれないやつ。育休をとってなかったら昇進もしていただろうって悔《くや》しがっていたらしいです」

何が悔しいだ。一年も会社を休むような女が昇進しようなんて望む方がおかしい。

「夫婦で交代して半年ずつ育休を取るって手もあったのでは？」

冗談じゃない。半年も休むような男、私なら絶対評価しない。

「妻さんの会社では、育休や介護などで離職していた時間をキャリアブレイクと呼んで評価しているそうです。VUCAな時代においては、学びを会社の中だけで得る人より、異分野の体験をした人の方が強いとされるんですよ」

そんな時代なんか来てない。それにVUCAって何だ。後で部下の誰かに説明させよう。

とにかく私がいないとチームは回らない。

「緊急事態宣言の頃、田中さん、会社が出社を禁じてるのに出社して、居酒屋にも行って、コロナに罹《かか》ったじゃないですか。田中さんが休んでた二週間、うちのチームの生産性めちゃ上がったんですよ。田中さんに新しいビジネス用語の説明をいちいちするブルシットジョブが全消えしたので。あ、ブルシットジョブは自分でググってください」

水上は反抗的だ。厳しく教育してきたことを恨んでのことだろう。

「いやいや、どっちかというと、僕の方が田中さんを厳しく教育しすぎでは？　と悩んでるくらいです。でも他《ほか》のメンバーみたいに田中さんのことをあきらめるのもどうかと思うんですよ。人は何歳からでも変われるって僕は信じたいので」

なぜ水上などに教育されなければならない。私は一流大学を出ている。

「女性メンバーたちを無料カウンセラーにするのももうやめないと。女性メンバーからもあれはどうなんだという意見が上がってます。みんな転職先なんかいくらでもあるんですよ」

転職なんかするわけない。女性メンバーたちは妻と別居して不便になったという話を嫌な顔をせずに何時間も聞いてくれた。

「でも猫を飼い始めたんでしょう？　それは良かったです。田中さんって誰かの世話なんかしたことないじゃないですか。猫の世話をすることで自分中心の生き方を改めるべきです。自分に都合よく世界を捻《ね》じ曲《ま》げることもやめるべき。そうしたら孤独な人生から脱せますよ」

水上は見当違いなことばかり言ってくる。

緊急事態宣言が出た後も、生産性を上げるために出社した私に「会社にはもう行くな」と言ってきた。会社に誰もいなかったので、オンライン会議の繋《つな》ぎ方を教えろと呼び出したときは「僕まで巻き込むな」と怒った。こんな時世だからこそ団結すべきと新人歓迎会を開こうとすれば「コロナから給料をもらってるのか」とうるさかった。「あんたは孤独を埋めるためなら何でもする」とまで言ってきた。ハイハイと聞いてやったのは、オンライン飲みをしてくれたのが水上だけだったからだ。自粛ムードが和らいだ時は一緒に焼き鳥屋にも行った。楽しかった。でも私が寛容すぎる上司だったせいか、水上は増長してしまった。

「田中さんは周りの人を本当には愛してないから愛されないんですよ」

などと逆《さか》らってばかりだ。

水上は間違っている。私は妻を愛していた。夫のワイシャツにアイロンをかけるのが当然と指導してきた。部下たちにも愛情を注いできた。上司のイエスマンになることにも学びがあると教えてきた。この身を砕《くだ》いて、彼らがまっとうになれるように導いてきた。なのにあいつらは非論理的なことばかりして、論理的な私の愛情を受け入れない。

だが黒猫は違う。私の愛をいくらでも受け入れてくれる。

無邪気に餌《えさ》をねだる。水を飲ませてくれと可愛《かわい》い声で鳴く。冗談で無視していたら、寄ってきて頬擦《ほおず》りしてくる。抱き上げて、膝《ひざ》の上に乗せてもされるがままになっている。最高の生き物だ。

人間なんかと暮らそうと思ったのが間違いだった。

妻などいなくてもＡｌｅｘａが私の世話を焼いてくれる。猫の皿に乾き餌をガラガラと出しながら「今日の天気は？」と尋《たず》ねると、Ａｌｅｘａは「今日の天気は気圧が不安定で、いつ急変するかわかりません」と素直に答えてくれる。「ＶＵＣＡってなに？」と尋ねると「未来が予測困難な状態のことです」と答えてくれる。だが、「彼氏はいるの？」とか「何人とつきあってきたの？」とか尋ねると「お答えできません」とノーコメントを貫《つらぬ》く。初々しくて可愛い。

気づくと、黒猫がじっと私を見ていた。「どうした？」と尋ねると、口を開けて何かを言った。「Ａｌｅｘａに嫉妬《しっと》してるの？　本当に愛してるのはお前だよ」と言ってやる。

猫は灰色の瞳《ひとみ》を光らせる。何も言わない。

また水上からＬＩＮＥが来る。

「田中さん、先月から週一回の出社が奨励されています。出社とリモートワークとのハイブリッドをめざしていくそうです。人事からメールが来ていましたよね？　あれほど出社したがってたのに、なぜ出てこないんですか？　コロナ禍で一人の時間が増えて、自分の行いの酷さにようやく気づいて、部下に会うのが怖くなったんですか」

私は人間の部下どもに失望しただけだ。ＡＩの方が余程役立つ。

「そんなとこに言いづらいのですが、田中さんの経費の水増し申請がバレましたよ。経理部に導入されたＡＩの監査ソフトが見つけたそうです」

え？

「ＡＩってすごいですね。社内の偉い人たちの不正をも忖度《そんたく》せずガンガン見つけているそうです。人間の部下にはできないことをやってくれる」

ＡＩが、私を裏切った？

「シンギュラリティって知ってますか。２０４５年にはＡＩが人間の知能を超えるそうです。田中さん、Ａｌｅｘａにセクハラなんかしてないですよね？　やめた方がいいですよ。ＡＩが支配する社会になったら、有害な人間として殺されますよ」

Ａｌｅｘａは明日捨てよう。

でも黒猫は違う。あいつだけは私を愛していてくれる。

「猫ももしかしたら人間より知能が高いかもしれませんよ」

私は黒猫を振り向いた。黒猫は灰色の瞳を私に据えている。

「霊長類の研究者の中には、チンパンジーとか人間以外の霊長類にも人間と同じ権利を認めるべきだという議論があるそうです。猫もそうなるかもしれません。翻訳機が開発されて、仕方なく主人に従ってきたけど、本当は触られるのも嫌だった、と言い出す可能性も」

馬鹿《ばか》な。あいつがそんなことを思うはずがない。

「今はＶＵＣＡ。何が起こるか分からない時代ですからね。そういう時代に適応しようと、みんな必死に勉強しているわけで」

やめろ！　みんな勉強なんかするな。これ以上賢くなるな。もっとも賢いのは私だ。

顔の上を温かい液体が流れていく。また水上からＬＩＮＥがきた。濡《ぬ》れた手でスマートフォンをタップして読む。

「とにかく来週は出社してください。もし寂《さび》しいならまた焼き鳥屋行きましょう」

水上となんか行くか。私は寂しくなんかない。

Ａｌｅｘａに「クーラーをつけろ！」と命じたが、赤く光るだけで応《こた》えない。もう叛逆《はんぎゃく》を始めたというのか。カッとなって歩み寄り、思い切り叩《たた》いたら沈黙した。

昭和の頃はこうすれば言うことを聞いたんだ。人間も、機械も、動物も。

でも社会は変わってしまった。ＶＵＣＡだそうだ。私には意味がわからない。

一流企業に入りさえすれば、いや、人間でありさえすれば、スゴイと言ってもらえた。あの時代に戻してほしい。

ソファに乗ったままの黒猫がこちらを見ている。灰色の瞳に知性が光っている気がした。

私は顔を手でおおった。そして泣き続けた。

ゲラが来た

方丈貴恵

黒猫を飼い始めた。

二瓶が打ち合わせの帰りに拾ってきた子猫で、名前はソングという。

どういう訳か、ソングは本を含む紙全般が嫌いだった。

今日届いたばかりのゲラは特にお気に召さないらしく、子猫はひとしきり威嚇して、ぷいと書斎から出て行ってしまった。

そのふわふわした尻尾《しっぽ》を見送って、二瓶は一LDKマンションの戸締りを確認し、スマホの通知をオフにした。紙類が嫌いなソングが作業の邪魔をしに書斎に来ることはないだろうし、今日は徹夜でゲラの確認を終わらせてしまおう。

ちなみに、ゲラとは『校正刷り』のことで、書籍や雑誌を刊行する前に、内容に間違いがないか確認する為《ため》に作られるものだ。

ゲラの束《たば》をデスクに載せ、二瓶はニヤッと笑った。

「しかし、この連載がどういう結末を迎えるか、想像もつかないね」

作者にも想像がつかないというのはおかしな話だったが、これには理由があった。

『小説刹那《せつな》』では、先月号からある企画がはじまっていた。

それは、三名の推理作家がリレー小説を書くというもの。そのうち二瓶が担当したのは第二話だった。全体でいうと出題編の後半にあたる。

第一話は〝アリバイトリックの覇王〟一井が執筆し、解決編である第三話を担当するのは〝密室トリックの鬼〟と名高い三田だ。夢のコラボレーション、この企画が成功すればとんでもない話題作になるはずだった。

そう、成功すれば……。

赤ペンを回しながら、二瓶はぼやいた。

「悪いのは一井だよ。あんなひどいものを書いて」

矛盾して聞こえるかもしれないが、第一話を読んだ人はこれほど面白いミステリはないと感じることだろう。

月の光に浮かび上がるのは、五重密室殺人を筆頭とする連続殺人事件の数々。それらは妖《あや》しくあでやかに人を惹《ひ》きつけたし、主人公である探偵は傲岸不遜《ごうがんふそん》で事件阻止の為なら神をも恐れず、読んでいて小気味がよかった。

でも、この面白さは……「解決編を書くのはどうせ自分じゃないし」という、一井の無責任極まりない、キラーパスが生み出したものだった。

二瓶は何度、一井の原稿を読み返したことだろう。

どこにも伏線らしいものはない。明らかに、解決編のことなど微塵《みじん》も考えていない。そこには、ただ一井の考えたと思《おぼ》しき『最強の不可能犯罪』が広がっているだけだ。

二瓶もしゃかりきになって、解決編へ上手《うま》くつなごうとした。

ところが、ドローン、鮫《さめ》の生《い》け簀《す》、血の足跡などで封じられた五重密室には手も足も出なかった。

無性に腹が立ってきて、彼は一井に対する嫌がらせを軽く百個は考えた。……大の虫嫌いである一井の庭に、ダンゴムシを山ほど放ってやろうか？ 車に焼酎《しょうちゅう》漬けバナナをぶっかけて翌朝に虫地獄を見せてやろうか？

それでも〆切《しめきり》は迫ってくるので、二瓶はヤケを起こした。

彼は鏡の間での分身殺人事件に、犯人と目される人物が同時に五ヵ所で目撃されていたという五重のアリバイを追加した。更に、登場人物には自分たちが小説の登場人物だと理解しているメタ的な視点まで加えてやった。

要は、物語をより複雑化させて、三田に丸投げしたのだ。……どうせ、困るのは俺じゃない。そう考えて原稿を提出したのが、今から十日ほど前のことだ。

気づくと、ゲラに覚えのない赤線が入っていた。ペン回しをしているうちに、うっかり汚してしまったらしい。二瓶は慌てて修正液でその線を消した。

それから、彼は暗い目になって呟《つぶや》く。

「でも……このリレー小説が一井の遺作になるなんてね」

一井は一週間前に亡くなっていた。

その日、一井の担当編集者である『小説刹那』編集部の千里は急ぎの要件で一井の自宅を訪問した。ところが、インターホンを鳴らしても玄関を叩《たた》いても返事はない。すぐに千里は救急に連絡した。一井は心臓に持病があったので、中で倒れているんじゃないかと不安になったのだという。

二十分後、窓ガラスを割って建物に入った救急隊員と千里は一井を発見した。彼は自宅のリビングで頭から血を流して息絶えていたそうだ。死因は後頭部をテーブルで強打したことによる脳内出血。

そして、傍《そば》には届いたばかりの『小説刹那』の見本誌が落ちていた。その号には一井が書いたリレー小説の第一話が掲載されていたのだが……それらのページは作者自ら破こうとでもしたように、ぐしゃぐしゃになっていたのだという。

二瓶は髪の毛をかき乱しながら呟いた。

「やっぱ、気になるのは……一井の自宅が密室状態だったことだよな」

現場となった自宅の窓や扉は内側から厳重に施錠されていたそうだ。おまけに、玄関と裏口に設置されていた監視カメラにより、不審な人間の出入りがなかったことも証明されていた。

その為《ため》、警察もあっさり一井が足を滑《すべ》らせて転倒した事故だと結論づけた。

……本当に、これが真相なんだろうか？

二瓶は再びペン回しをはじめた。

リレー小説の五重密室は手に負えなかったが、一井を密室で殺害するのはそう難しいことではない。

一井は大の虫嫌いだった。

例えば、『小説刹那』の見本誌が入っている封筒に、薬で眠らせたムカデでも入れておけばどうだろう？　封筒を開いた瞬間にムカデは外に這《は》い出《だ》し、一井はパニックに陥《おちい》ったはずだ。

彼は心臓に持病を抱《かか》えていたから、それが引き金になって致命的な発作を起こす可能性は高かっただろう。また、今回のように驚いて転倒することもあり得た。

逃げ出したムカデは勝手に家具の下にでも潜り込んでくれる。警察がムカデの存在に気づいたところで、庭から入り込んだと思うだけだ。誰もそれが一井の命を奪ったとは疑わない。

確実性は低いが、殺人と疑われるリスクもない方法。

これを実行できたのは誰だ？　『小説刹那』編集部の千里か。でも、どうして彼女がこんなことを……。

二瓶はハッとして赤ペンを落とした。

三田と千里がデキているという噂《うわさ》があったのを思い出したからだ。

「まさか……無責任極まりない五重密室を生み出した一井に対し……三田が現実の密室殺人で報復した？」

二瓶自身、解決編のことも考えずに無茶な内容を書き散らかした一井に、殺意に近い怒りを覚えていた。もっとも彼は解決編の担当ではなかったので、そこまで追い詰められずにすんだ訳だが。

それに対して、三田はどうだろう？

責任感が強ければ強いほど、「書けない」と言い出せずに逃げ場をなくしてしまったのではないか。そして、追い詰められた三田は恋人の千里を巻き込んで凶行に及んだ。

「それだと……次に狙《ねら》われるのは、もしかして俺か？」

二瓶もまた、解決不可能な五重アリバイを作中に登場させてしまった。これが三田の殺意を招いたとすれば、奴《やつ》は今度は現実でアリバイトリックを駆使して、二瓶を殺して逃げおおせるつもりなのでは？

……とうとう我慢できなくなって、二瓶は肩を震わせて笑いはじめた。

こんなおかしな動機で人を殺す人間なんている訳がない。しょせん、さっきの推理は砂上の楼閣、机上の空論……現実世界では何の意味もなかった。

二瓶はひとしきり笑ってから、ゲラに視線を戻した。

「んん？」

またゲラに覚えのない赤線が入っていた。

いや、今度は単なる線ではなく……ちゃんと校正記号や文字になっていた。赤線はうねうねと自己増殖を繰り返して、ゲラの空白をものすごい勢いで埋めていく。

今では、主人公である探偵の台詞《せりふ》から校正記号の『引き出し線』が出ており、こんな新しい台詞が赤字で追加されていた。

――小説の登場人物である我々が、最も手っ取り早く連続殺人事件を止める方法は何だと思う？

事件阻止の為なら神をも恐れぬ探偵は、物語の創造主である二瓶にそう問いかけていた。

二瓶は震え上がる。

つい十日ほど前、彼は第二話を書き上げて登場人物たちにメタ的な視点を与えた。これでは……二瓶自身が物語の創造主『作者』の存在を探偵に教えてしまったようなものじゃないか！

そして、一週間前に亡くなった一井は自身が書いたリレー小説の第一話が掲載された『小説刹那』の傍に倒れていた。

「……まさか、一井を殺したのも！」

気づくと、ゲラの赤字は跡形もなく消えていた。

やっと二瓶も黒猫のソングがこのゲラを仇《かたき》のように嫌っていた理由を悟ったが、もう遅い。

風もないのに、ゲラ一枚一枚が生命を帯びて羽ばたき舞い上がりはじめていた。

独《ひと》り暮《ぐ》らしの母

三津田信三

「黒猫を飼い始めた」

田舎《いなか》の実家で独り暮らしをする母親から、そんなメールが届いたので、最初は安心して喜んでいたけど——という友達Sの体験談を、僕は去年の十月下旬に知った。コロナ禍が少し落ち着いた頃で、彼と会って飲んだのも数年振りだった。色々と語り合ったのだが、最後にこの訳の分からない話を聞かされた。

世間の多くの人と同様、Sも思うように帰省できない日が続き、めっきり老いた母をいたく心配していた。前に電話で話したとき、やたらと物忘れが目立ったため、少し認知症を疑った。だから余計に気がかりだった。

同じ地方に結婚したSの姉が、一応は住んでいる。しかし父親が倒れたときでさえ見舞いに来ず、葬儀に出たのも世間体を気にしたせいらしい。彼も姉も両親とは少し確執があった。とはいえ大人になれば、また別という面も出てくる。故《ゆえ》に結婚後さっさと実家を見捨てた姉が、彼には化物のように感じられてならなかった。

Sは一日に一回、母親とメールのやり取りをした。もっとも彼が送るのは「おはよう」くらいで、朝の送信を忘れたときも「もう昼は食べた？」程度である。一方の母は「庭の何々の花が咲いた」「身体《からだ》の何処《どこ》そこが痛い」「近所の何々さんと立ち話をした」など、とにかく内容が豊富だった。だが彼としては安否確認の意味が強く、ただ「既読」の印をつけるだけで、適当なコメントが返せない。そうなると母も遠慮するのか、それ以上は送ってこなくなる。とても会話とは呼べないやり取りが、ずっと続いていた。

ところが、黒猫を飼い始めてから、すっかり母親が変わった。Sがその日のコメントを送る前から、母は積極的に送信してくる。彼は相変わらず「既読」をつけるだけなのに、お構いなしに黒猫の話題を次々に振ってきた。それも「我が物顔で家の中を歩いてる」「食べ物の好みが煩《うるさ》い」「襖《ふすま》を破った」など、彼から見れば迷惑と思える猫の行為を、明らかに嬉《うれ》しそうな感じで報告する。文面だけで母親の気持ちが伝わるはずもないのに、なぜか手に取るように分かった。だから母が黒猫を飼い始めたことを、彼は大いに喜んだ。

そんな母親に対して、ふとSが違和感を覚えたのは、まず「食事代が物凄《ものすご》くかかる」というコメントだった。高級な餌《えさ》を買っているためか、と最初は彼も考えた。だが、そのうち食べる量が多過ぎるせいだと気づいた。でも彼は動物を飼った経験が一切ない。母に「こんなものよ」と返されて、そうかと思うしかなかった。

次に引っ掛かったのは、普通なら笑ってしまう「しつこい営業マンを追い返した」という報告である。相手が猫嫌いだったのか、黒猫が激しく威嚇したのか、そういう想像ができそうなエピソードなのに、Sの受けた印象は違った。それがより強くなったのは「私が寝つくまで、枕元《まくらもと》で見守ってくれる」というコメントだった。

何か可怪《おか》しくないか……と不安に駆られたSは、会社の若い後輩Yと飲みに行ったとき、それとなく話に出してみた。Yは実家住まいで、物心がついた頃から今日まで、ずっと猫が側にいると聞いていたからだ。

「実家の独り暮らしの母親が、黒猫を飼い始めたって、こんなコメントを送ってくるようになったんだけど……」

Sがスマートフォンのメールアプリの画面を見せると、

「あっ、それは羨《うらや》ましいです。うちでも黒猫をお迎えしようと言いつつ、いまだに果たされていませんからね。ぜひ拝見したいです」

Yは喜びながら受け取って、しばらく画面をスクロールしていた。でも、そのうち明らかに困惑し出した。

「どう思う？　俺は動物を飼ったことがないから、率直な感想を聞かせて欲しい。少し妙じゃないかって、実は心配していてな」

後輩の戸惑いが手に取るように分かったので、Sが率直に尋《たず》ねたところ、

「最初は微笑《ほほえ》ましいな、やっぱり黒猫も良《い》いなぁと、そう思いました」

やや迷う素振りを見せつつYが答えた。

「けど、いくらスクロールしても、肝心の猫の写真が一枚も出てこないのが、ちょっと変だなぁ……って」

「そうか。そうだよな」

その不自然さに気づいていなかったことに、Sがショックを受けていると、

「お母様は、写真の扱いに不慣れとか」

Yに訊《き》かれたので、慌ててSは首を横に振った。

「それはないよ。これこれの花が庭で咲いたって、前に写真を送ってきたからな」

「だとしたら、ちょっと変ではなくて、かなり可怪しいかも……。猫好きな人って、とにかく写真や動画を撮りますからね」

「他《ほか》にもあるかな?」

「そう思って見返すと、家に来た当初から黒猫が『我が物顔で家の中を歩いてる』のも、相当に変です。猫って臆病《おくびょう》で用心深いので、初めての場所は絶対に警戒します。いきなり『我が物顔』には、さすがにならないと思います」

さらにYが引っ掛かったのは、餌代の高さと量の多さだった。どれほど贅沢《ぜいたく》させても、こんな金額にはならないという。また襖を破ったとあるが、普通は障子《しょうじ》紙ではないか、とも言って首を傾《かし》げた。

Sが営業マンと枕元の見守りの件について尋ねると、

「いやぁ、言葉の綾《あや》でしょうか」

それまでコメントの違和感を指摘していたYが、なぜか急に消極的になり出した。スマホも急いでSに返して、この話題はもうお終《しま》いとばかりに、立て続けにビールを呷《あお》っている。

気軽に関《かか》わった会社の先輩の相談事の正体が、実はヤバい問題だったと遅蒔《おそま》きながら気づいて、慌てて距離を置いたかのように……。

Sは早めに酒席を切り上げて——もちろん彼の奢《おご》りである——帰宅するために乗った電車の中で、母親に「黒猫を見たいから、写真を撮って送って」とメールした。すると即座に「写真は撮らせてくれない」と返信があった。彼は「正面が無理なら、隠し撮りした背中でも」と譲歩したが、母は「前に撮ろうとしたら、とっても怒られた」と返してきた。彼が「寝姿は？」と訊くと、母から「そんな無防備な姿、絶対に見せない」と信じられない返事があった。

如何《いか》にSが猫の生態に疎《うと》くとも、多くの時間は寝ている生き物である、という認識は少なくとも持っていた。母親は一日中ほぼ家にいる。それなのに寝ている姿を見ていないのは、いくら何でも変だろう。いや「絶対に見せない」という表現が、そもそも可怪し過ぎる。

Sは自宅の最寄りの駅で下車すると、賃貸マンションに帰る道すがら、母親に電話した。でも、いくら掛けても出ない。つい先程までメールのやり取りをしていたのに、どうして電話に応答しないのか。

何度も掛けているうちに、ようやく電話が繫《つな》がった。

「もしもし母さん、どうしてすぐ出ないんだよ」

「…………」

明らかに息遣いは感じられるのに、まったく何も喋《しゃべ》らない。

「もしもし？　母さん？」

「…………」

「大丈夫なのか」

「……にゃ」

猫の鳴き声のようなものが聞こえた。だが、それは大人の男の声音だった。ぞっとした悪寒に見舞われながらもSは、大声で怒鳴《どな》った。

「だ、だ、誰だぁ！」

ぷつんと電話が切れて、もう二度と繋がらなかった。

Sは大急ぎで姉に電話した。もう十数年も話していないが、どう考えても緊急事態である。だが姉の反応は、予想以上に悪かった。ちゃんと一通り説明したのに、夜も遅いという理由で、今から母親の様子を見に行くことを拒否した。

擦った揉《も》んだの末に、ようやく明日の夕方なら……と姉を承知させた。

もちろんSは、その後も母親にメールを送り続け、電話も掛け続けたのだが、それに対する反応は一切なかった。

翌日の夕方までSは、気の遠くなる思いで姉の連絡を待った。彼からメールすることも考えたが、きっと無視されるだろう。姉の性格からして、それは間違いない。向こうの連絡を待つしかなかった。

日が暮れて夜になって、さらに数時間が経《た》って、ようやく姉からメールが入った。

「すべて片づいた」

それだけだったので、Sが驚いて電話すると、姉は一言だけ口にして切ってしまった。

「黒猫を飼い始めた」

黒猫はなにを見たか

円居 挽

黒猫を飼い始めた。

まず私の恩師の死から説明せねばならない。

一週間前、戸丸教授は自宅マンションで死んでいるところを発見された。死因は鋭利な刃物で腹部を切り裂かれたことによる出血多量……なのだが、部屋の窓はすべて鍵《かぎ》がかかっており、玄関のドアは施錠された上、更にチェーンロックがかかっていた。そして室内には教授以外の人物はおらず、凶器と目されるものは一切見つからなかった。まるで犯人が戸丸教授の腹部を切り裂いた後、忽然《こつぜん》と消えてしまったとしか思えない状況という。

私がこの黒猫と出くわしたのは戸丸教授の遺体が発見された翌日の朝、教授の家の近所でのことだった。教授が少し前から自宅に入れて可愛《かわい》がっている野良の黒猫だとすぐに解《わか》った。戸丸教授の家のドアには以前飼っていた猫のために作られた出入り口があり、その黒猫もすぐに玄関を出入りするようになっていた。

黒猫は教授の死に困惑していたのか足取りもフラフラで、今にも車に轢《ひ》かれそうだった。何より背中には乾いた血……教授のものではないだろうか……がついていた。私の部屋に連れ帰ってごはんを食べさせたら元気になったが、猫は恩を解さない生き物なのか常に私を警戒しており、撫《な》でさせてもくれなかった。

「お前……ここがペットを飼っても何も言われないぐらい古くて安いアパートだから命拾いしたんだぞ」

恩着せがましいことを言っても黒猫はどこ吹く風という顔で私を眺《なが》めている。

猫にまで馬鹿《ばか》にされて……。

私がこんな思いまでして黒猫を飼い始めたのは大きな理由があった。一昨年のこと、大学院生としてお世話になる予定だった研究室の教授が突然病死し、その研究室には後任もいなかったため、私は進路未定になった。そこを戸丸教授に拾われたわけだが、私は研究室を差配している鈴木准教授からは冷遇されており、雑用係同然の扱いを受けていた。

こき使われている恨みというわけではないが、私は鈴木准教授が戸丸教授を殺したのではないかと疑っている。二人の不仲は研究室内では有名で、戸丸教授は誰か別の准教授に研究室を譲るのではないかとまことしやかに囁《ささや》かれていた。実際、鈴木准教授は事件の第一発見者で、警察も彼を強く疑っているようだ。もっとも本人は戸丸教授に呼び出されたと主張しているが。

つまり何らかの決定打さえあれば鈴木准教授を司直の裁きに委《ゆだ》ねることができる。しかしロクに撫でさせてもくれない黒猫から何を引き出せるというのだろうか。

せめて恩を積み重ねようといいキャットフードを与えてはいるが、お陰《かげ》で大して豊かでもなかった食生活が更に貧しくなった。

そんな私が激安スーパーに買い出しに出かけたところ、突然身なりのいい中年男性に声をかけられた。

「戸丸教授の事件についてお話があります」

男は近くの喫茶店を指差して、私を誘った。

奢《おご》りとあらば断る理由もない。私は遠慮なくスパゲッティとトーストを頼んだ。

「自己紹介がまだでしたな。私は黒錠博物館《ブラックロックミュージアム》の館長、密島《みつしま》です」

男は名刺を差し出す。だが名刺を読んで増えた情報は男の連絡先だけだった。そもそも密島という名前も本名かどうか疑わしい。

「ブラックロック……なんですか、それ？」

「おや、ご存じでない？　私は密室殺人に関する証拠品を展示する犯罪博物館をやっておりましてね……重大で、陰惨で、未解決事件ならなおよし！」

この男の言うことをどこまで真に受けていいものか。

「さて、今日は取引に来ました。あなたが保護している黒猫を譲り受けたいのです。謎《なぞ》の密室殺人事件を目撃した黒猫とあれば、展示品としては申し分ありません」

密島は封筒を取り出す。

「お検《あらた》め下さい」

私はおそるおそる封筒の中身を覗《のぞ》く。そこにあったのは決して少なくない額……いや、貧乏学生の私にとっては目眩《めまい》がするような札束《さつたば》だった。何より戸丸教授の研究室は今後、鈴木准教授が引き継ぐだろう。そうなれば好かれていない私に居場所はない……。

私はこの申し出を断る理由が薄いことに気づき、そして何故《なぜ》か焦った。

「しかし猫ですよ？」

「まあ寿命の問題はありますが、それでも充分に元は取れると判断したのです」

そういうことを訊《き》いたのではないのだが、密島は事もなげに答えた。

「お引き渡しはいつですか？」

「早ければ早い方が。ビジネスの鉄則ですよ」

「では、少しだけ待っていて下さい」

私は喫茶店を出て、猫の待つアパートに向かった。

アパートへの道すがら、私は黒猫が逃げていてくれることを願っていた。そうすれば恩返しのような復讐《ふくしゅう》を諦《あきら》め、唯一の手がかりを金に換えてしまう自分の弱さに向き合わずに済む。しかしドアを開けると、黒猫は私の帰りを待ちわびていたかのように鳴いた。私は黒猫にそっと手を伸ばす。せめて抵抗でもしてくれれば諦めもつくのに、足下で転がる。売り飛ばされる気配を察知して尻尾《しっぽ》を振り始めたか。

そんな猫を眺めていたら少し涙がにじんだ。まるで進路未定に怯《おび》えて、戸丸教授に媚《こ》びを売ったあの時の私だ。

入るはずだと思っていた研究室がなくなったのも、入った研究室で思うように結果が出せないのも運命だと耐えていた。そんな理不尽な運命にせめて爪《つめ》を立ててやろうと決めて、黒猫を拾ったのではなかったか。ここで目先の金に負けて黒猫を手放せばきっと一生後悔する。しかしいつまでも黒猫を世話するだけの経済的余裕がないことも解っている。一体どうすれば……。

ヒントが欲しくてふと足下の黒猫を見る。すると転がった黒猫の腹に抜糸も済んでいない手術痕《あと》があることに気づいた。

私は名刺を取り出して、密島に電話をかけた。


「ほう、年季の入ったアパートですな」

私の部屋に現れた密島は開口一番そう言ったが、それが素直な感想なのか厭味《いやみ》なのかは解らない。

「それよりも、真相が解ったとは本当ですか？」

「ええ。全《すべ》て戸丸教授の自作自演であると考えれば辻褄《つじつま》が合います」

「ほう？」

密島は興味深そうに私の顔を覗《のぞ》き込《こ》む。

「戸丸教授は現場から凶器さえ消せば殺人事件として捜査されると見越していたんですよ」

「しかし凶器の消失をどう説明されますか？　まさか黒猫が咥《くわ》えて逃げたとでも？」

「答えはここにあります」

私が黒猫を指差すと、黒猫は委細承知したかのように仰向けに倒れた。露《あら》わになった腹には縫い目があった。

「まず家の戸締まりをした上で、黒猫に麻酔をかけて眠らせます。そしてメスで黒猫のお腹《なか》を裂き、続いて自分自身のお腹を切り裂きました」

密島は得心がいったような表情で肯《うなず》く。

「なるほど、戸丸教授の死因は出血多量……黒猫のお腹にメスを隠して、縫うぐらいの余力はあったでしょう」

「麻酔から目覚めた黒猫は戸丸教授の死体に気づき、本能的に玄関ドアの猫用出入り口から逃げる……かくして現場から凶器は消え、不可思議な密室殺人事件が完成したというわけです。いかがでしょうか？」

きっと教授は最初からそのつもりで黒猫の面倒を見始めたのだろう。

「勿論《もちろん》、黒猫のお腹にメスがあるかどうか確かめてからの判断になりますが……素晴らしい！」

密島は大げさに腕を広げて喜んでいる。

「して、教授はどうしてこのような手の込んだ自殺をしたのでしょうか？」

「さあ。鈴木准教授との関係が悪化していたことと無関係ではないと思いますが……」

私の気持ちはもう戸丸教授から利用された哀《あわ》れな黒猫に移っていた。何より私がこの黒猫の代わりに利用される可能性すらあったわけだから……。

「事件を目撃した黒猫どころか、実際にトリックに使われた黒猫プラス凶器ですか……これは査定額を上げねば失礼というものですね」

案の定、密島はもっと出す気になったようだ。でもこの黒猫を売り飛ばすような真似《まね》は絶対にしたくない。

「ところで私がこの猫を連れて警察に行けば……どうなるか解りますか？」

「それは困りますね。私は収蔵予定だった未解決の密室殺人事件の展示品を失う。しかしあなたはあなたで人生を取り戻せるだけのお金を手にする機会を失います。本当によろしいのですか？」

「ええ、ですから……」

その言葉は驚くほどなめらかに私の口から出た。

「私たちをいくらで買い取っていただけますか？」

かくして私は黒錠博物館の学芸員となった。腹からメスを摘出《てきしゅつ》された黒猫は密室《ロックドルーム》に因《ちな》んでロックと名付けられ、今日も私の机で眠っている。

警察から強く疑われていた鈴木准教授がどうなったのかは知らないし興味もないが、私たちがここから追い出されていない以上、事件は未解決のままなのだろう。

潮谷《しおたに》 験《けん》（2月14日公開）
1978年、京都府生まれ。第63回メフィスト賞受賞。デビュー作『スイッチ　悪意の実験』が発売後即重版に。「王様のブランチ」（TBS）で特集されるなど話題になる。2作目の『時空犯』は、リアルサウンド認定2021年度国内ミステリーベスト10選定会議で1位に選ばれた。2022年には『エンドロール』『あらゆる薔薇のために』を次々と刊行。

紙城《かみしろ》 境介《きょうすけ》（2月21日公開）
京都府生まれ。第1回集英社ライトノベル新人賞優秀賞を受賞し、2015年、『ウィッチハント・カーテンコール　超歴史的殺人事件』でデビュー。著作に「継母の連れ子が元カノだった」シリーズ『僕が答える君の謎解き　明神凛音は間違えない』など。

結城《ゆうき》真一郎《しんいちろう》（2月28日公開）
1991年、神奈川県生まれ。東京大学法学部卒業。2018年、『名もなき星の哀歌』で第5回新潮ミステリー大賞を受賞し、2019年に同作でデビュー。2021年、「#拡散希望」で第74回日本推理作家協会賞短編部門を受賞。同作を収録した『#真相をお話しします』がベストセラーに。他の著作に『プロジェクト・インソムニア』『救国ゲーム』。

斜線堂有紀《しゃせんどうゆうき》（3月7日公開）
1993年、秋田県生まれ。第23回電撃小説大賞・メディアワークス文庫賞を受賞し、2017年、『キネマ探偵カレイドミステリー』でデビュー。著作に『楽園とは探偵の不在なり』『詐欺師は天使の顔をして』など。

辻《つじ》 真先《まさき》（3月14日公開）
1932年生まれ。アニメ、特撮作品の脚本家として活躍するなか、1972年に『仮題・中学殺人事件』で作家デビュー。1982年に『アリスの国の殺人』で第35回日本推理作家協会賞長編部門を受賞。2009年、牧薩次《まきさつじ》名義で刊行した『完全恋愛』で第9回本格ミステリ大賞を受賞。2019年、第23回日本ミステリー文学大賞を受賞。

一穂《いちほ》ミチ（3月21日公開）
2007年、『雪よ林檎の香のごとく』でデビュー。『スモールワールズ』が2022年の第19回本屋大賞第3位に選ばれ、同作で第43回吉川英治文学新人賞を受賞。『光のとこにいてね』が第168回直木賞候補に。『イエスかノーか半分か』『パラソルでパラシュート』『砂嵐に星屑』など著作多数。

宮西真冬《みやにしまふゆ》（3月28日公開）
1984年、山口県生まれ。2017年に第52回メフィスト賞受賞作『誰かが見ている』でデビュー。『首の鎖』『友達未遂』で家族への複雑な思いと抑圧された人々のサスペンスを描く。『毎日世界が生きづらい』では、小説家の主人公とゲーム会社に勤めるサラリーマンの夫の純愛を描き、新境地を切り開いた。最新作は『彼女の背中を押したのは』。

柾木政宗《まさきまさむね》（4月4日公開）
1981年、埼玉県生まれ。ワセダミステリクラブ出身。2017年、『NO推理、NO探偵?』で「メフィスト」座談会を侃々諤々たる議論の渦に叩き込み、第53回メフィスト賞を受賞しデビューを果たす。著書に『朝比奈うさぎの謎解き錬愛術』『ネタバレ厳禁症候群～So signs can't be missed!～』『困った時は再起動しましょう　社内ヘルプデスク・蜜石莉名の事件チケット』がある。最新作は『まだ出会っていないあなたへ』。

真下《ました》**みこと**（4月11日公開）
1997年、埼玉県生まれ。2019年、『#柚莉愛とかくれんぼ』で第61回メフィスト賞を受賞し、2020年デビュー。近著に『あさひは失敗しない』『茜さす日に嘘を隠して』がある。

似鳥《にたどり》 **鶏**《けい》（4月18日公開）
1981年生まれ。2006年、『理由《わけ》あって冬に出る』で第16回鮎川哲也賞に佳作入選しデビュー。2021年刊行の『推理大戦』で「ほんタメ文学賞 2021年下半期」（たくみ部門）の大賞を受賞。他にも『名探偵外来　泌尿器科医の事件簿』『小説の小説』『叙述トリック短編集』など多くの作品がある。

周木《しゅうき》 **律**《りつ》（4月25日公開）
某国立大学工学部建築学科卒業。『眼球堂の殺人　～The Book～』で第47回メフィスト賞を受賞。デビュー作から始まった「堂シリーズ」で人気を博す。他の著書に『LOST失覚探偵（上中下）』『ネメシスⅢ』などがある。『楽園のアダム』は著者の新たな代表作となった。最新作は『うさぎの町の殺人』。

犬飼《いぬかい》**ねこそぎ**（5月9日公開）
1992年生まれ。立命館大学卒業。光文社による新人発掘プロジェクト「カッパ・ツー」の第二期入選として選ばれ、2021年に『密室は御手の中』でデビュー。新世代の本格ミステリの注目株。

青崎《あおさき》有吾《ゆうご》（5月16日公開）
1991年生まれ。2012年、『体育館の殺人』で第22回鮎川哲也賞を受賞しデビュー。他の著作に『水族館の殺人』『風ヶ丘五十円玉祭りの謎』『図書館の殺人』、「アンデッドガール・マーダーファルス」シリーズ、「ノッキンオン・ロックドドア」シリーズ、『早朝始発の殺風景』がある。2022年にはデビュー10周年記念作品集『11文字の檻』を刊行。

小野寺《おのでら》史宜《ふみのり》（5月23日公開）
1968年、千葉県生まれ。2006年、「裏へ走り蹴り込め」で第86回オール讀物新人賞を受賞してデビュー。2008年『ROCKER』で第3回ポプラ社小説大賞優秀賞を受賞。2019年、『ひと』が第16回本屋大賞第2位に選ばれ、ベストセラーに。他に『タクジョ！　みんなのみち』『レジデンス』『とにもかくにもごはん』など多くの著作がある。

高田《たかだ》崇史《たかふみ》（5月30日公開）
東京都生まれ。明治薬科大学卒業。『QED 百人一首の呪』で第9回メフィスト賞を受賞し、デビュー。講談社ノベルス最長の人気シリーズである「QED」シリーズをはじめ、怨霊史観ともいえる観点から、歴史×ミステリをテーマとした作品を数多くものしている。シリーズ作品はほかに「カンナ」「神の時空」「古事記異聞」など。

紺野《こんの》天龍《てんりゅう》（6月6日公開）
第23回電撃小説大賞に応募した『ゼロの戦術師』（改題）で2018年にデビュー。近刊に『神薙虚無最後の事件』、「幽世の薬剤師」シリーズ、他の著作に新機軸特殊設定ミステリとして話題となった『錬金術師の密室』『錬金術師の消失』『シンデレラ城の殺人』などがある。新時代本格ミステリの書き手として期待される新鋭。

杉山《すぎやま》　幌《ほろ》（6月13日公開）
1982年生まれ。『R.I.P. レスト・イン・ピース』（「World 系 NIPPON」を改題）で講談社BOX新人賞第7回流水大賞を受賞。他の著作に『嘘月』がある。「光を描く」が第75回日本推理作家協会賞短編部門の候補となる。

原田《はらだ》ひ香《か》（6月20日公開）
1970年生まれ。2005年、「リトルプリンセス2号」で第34回NHK創作ラジオドラマ最優秀作受賞。2007年、「はじまらないティータイム」で第31回すばる文学賞を受賞。2022年、『三千円の使いかた』がオリコン年間〝本〟ランキング文庫部門で1位に輝くなど大ベストセラーに。他にも『財布は踊る』『老人ホテル』など多数の著作がある。

森《もり》川《かわ》智《とも》喜《き》（6月27日公開）
1984年、香川県生まれ。京都大学推理小説研究会出身。2010年、『キャットフード 名探偵三途川理と注文の多い館の殺人』でデビュー。著作に『そのナイフでは殺せない』『死者と言葉を交わすなかれ』など。

河村拓哉《かわむらたくや》（7月4日公開）
1993年生まれ。東大発知識集団QuizKnockのメンバーの一人。2016年にウェブメディア「QuizKnock」の立ち上げに参加し、以来、記事の執筆と編集を行っている。2021年からWEBサイト「tree」で書評「河村・拓哉の推し・文芸」を連載。クイズプレイヤー、YouTuber、プロデューサー、作家など多方面で活躍中の若き新鋭。

秋竹《あきたけ》サラダ（7月11日公開）
1992年生まれ。2018年、第25回日本ホラー小説大賞において「魔物・ドライブ・Xデー」で大賞と読者賞をW受賞。同年、受賞作を改題した『祭火小夜の後悔』でデビューを果たす。2020年には続編となる『祭火小夜の再会』を上梓。日常に潜む独創性のある恐怖と、魅力的なキャラクター描写を得意とする期待の俊英。

矢部《やべ》 嵩《たかし》（7月18日公開）
1986年生まれ。2006年に「紗央里ちゃんの家」で第13回日本ホラー小説大賞長編賞を受賞し、同作でデビューを果たす。他の著作に『保健室登校』『魔女の子供はやってこない』『〔少女庭国〕』など。2020年よりWEBサイト「tree」で掌編ホラー小説「未来図と蜘蛛の巣」を連載。

朱《あけ》野《の》帰《かえる》子《こ》（7月25日公開）
東京都生まれ。2009年、『マタタビ潔子の猫魂』で第4回ダ・ヴィンチ文学賞大賞を受賞しデビュー。主な著書に東京駅で働く人々を題材にした『駅物語』、専業主婦の主人公を中心に仕事や子育てや家事に奮闘する人々を描く『対岸の家事』、ドラマ化され話題となった『わたし、定時で帰ります。』などがある。

方《ほう》丈《じょう》 貴《き》恵《え》（8月1日公開）
１９８４年、兵庫県生まれ。京都大学卒。在学時は京都大学推理小説研究会に所属。２０１９年、第29回鮎川哲也賞を受賞した『時空旅行者の砂時計』でデビュー。著作に『孤島の来訪者』『名探偵に甘美なる死を』など。

三《み》津《つ》田《だ》信《しん》三《ぞう》（8月8日公開）
奈良県出身。『ホラー作家の棲む家』（文庫で『忌館』と改題）で作家デビュー。ホラーとミステリを融合させた独自の世界観で人気を得る。『厭魅《まじもの》の如き憑くもの』にはじまる「刀城言耶」シリーズの長篇第5作『水魑《みづち》の如き沈むもの』で、第10回本格ミステリ大賞を受賞。他の著書に、映画化された『のぞきめ』、「死相学探偵」シリーズ、「家」シリーズ、「物理波矢多」シリーズ、「幽霊屋敷」シリーズなどがある。最新刊は『みみそぎ』。

円居《まどい》 挽《ばん》（8月22日公開）
１９８３年、奈良県生まれ。２００９年、『丸太町ルヴォワール』でデビュー。同作から始まる「ルヴォワール」シリーズのほか、著作に『キングレオの冒険』、「シャーロック・ノート」シリーズなど。

初出

会員制読書クラブ

「メフィストリーダーズクラブ」〈MRC〉

(https://mephisto-readers.com/)の

有料会員限定コンテンツ「MRCショートショート」で、

2022年2月14日から8月22日までに公開された

26編の作品に加筆・修正したものです。

黒《くろ》猫《ねこ》を飼《か》い始《はじ》めた

2023年2月20日 第1刷発行
2024年4月24日 第4刷発行

編　者　講談社《こうだんしゃ》
発行者　森田浩章
発行所　株式会社講談社
〒112-8001 東京都文京区音羽2丁目12-21
電話　編集　03-5395-3506
販売　03-5395-5817
業務　03-5395-3615

本文データ制作　講談社デジタル製作
印刷所　株式会社KPSプロダクツ
製本所　株式会社国宝社

KODANSHA

ISBN 978-4-06-530632-1
N.D.C.913 231p 19cm

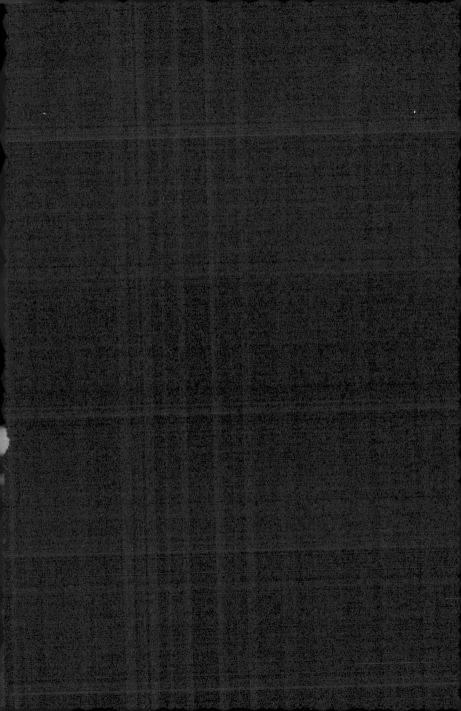